我思

我思，我读，我在

Cogito, Lego, Sum

Collection de précurseurs

先驱译丛

(法)路易-费迪南·塞利纳　著

沈志明　译

# 与Y教授谈心

*Louis-Ferdinand Céline*

Entretiens avec le Professeur Y

GUANGXI NORMAL UNIVERSITY PRESS

广西师范大学出版社

·桂林·

# 与 Y 教授谈心

YU Y JIAOSHOU TANXIN

策　　划：吴晓妮@我思工作室
责任编辑：叶　子
助理编辑：韩亚平
装帧设计：何　萌
内文制作：王璐怡

**图书在版编目（CIP）数据**

与 Y 教授谈心 /（法）路易-费迪南·塞利纳著；沈志明译. —桂林：广西师范大学出版社，2020.6
（先驱译丛 / 沈志明主编）
ISBN 978-7-5598-2775-3

Ⅰ. ①与… Ⅱ. ①路… ②沈… Ⅲ. ①长篇小说－法国－现代 Ⅳ. ①I565.45

中国版本图书馆 CIP 数据核字（2020）第 056003 号

广西师范大学出版社出版发行
（广西桂林市五里店路 9 号　邮政编码：541004
网址：http://www.bbtpress.com）
出版人：黄轩庄
全国新华书店经销
山东韵杰文化科技有限公司印刷
（山东省淄博市桓台县　邮政编码：256401）
开本：787 mm × 1 092 mm　1/32
印张：5.25　　字数：82 千字
2020 年 6 月第 1 版　　2020 年 6 月第 1 次印刷
印数：1—5000 册
定价：39.80 元

痛苦是艺术之师。（缪塞语）

真正艺术家的真正生活仅仅是长期或短期地跟监狱捉迷藏；断头台尽管样子可怕，而且专候艺术家，可艺术家偏偏乐此不疲。（塞利纳语）

小说中，“情感只见于口语，只难得见于口语，只在口语中才捕捉得到”。（塞利纳语）

# 传统与创新

## 《先驱译丛》丛书总序

沈志明

法国19世纪文学，从1850至1895年的近半个世纪，一言以蔽之，大概可称现实主义时代，正如19世纪上半叶可称浪漫主义时代一样。这是大致而言，因为任何概念都难以涵盖一个历史时期纷繁多变的文艺思想和流派，以及千姿百态的文学作品。古典主义在浪漫主义兴起的时候并没有消亡，浪漫主义也没有随着1848年的革命而绝迹。《包法利夫人》和《恶之花》之间的内在联系，同代人是看不出来的，只有在与其拉开距离的今天才能洞若观火。

文学史家把1850年划为第一代现实主义，把1871、1880至1895年划为第二代现实主义，即自然主义。作为现实主义的延伸和发展，自然主义有过不可磨灭的贡献，但正如权威教授卡斯泰克斯所指出的，“1880 年产生的自然主义流派把现实主义的原则推至极端”[1]，它毕竟与现实主义是有区别的。本文只涉及现实主义流派（1850—1870）对 20 世纪小说的影响，重点论述 20 世纪小说，尤其是现代派小说对现实主义的发展。

## 一

尽管 20 世纪文艺思潮和流派名目繁多，但大体上可划分为“传统派”和“现代派”。

以巴尔扎克、司汤达、左拉为代表的传统小说家对 20 世纪的小说家具有很大的影响，他们关于再现生活、模仿自然、符合客观现实的艺术真实等主张和实践，成为不少当代作家的创作准则。

20 世纪初，尤其在第一次大战之后，法国出现了一批师承巴尔扎克传统的杰出小说家。正如莫洛亚指出：“战后的文学起初还没十分偏离法国古典传统。即使在《新法兰西文学评论》内部，马丁·杜加尔，斯仑培格，

1 卡斯泰克斯主编：《19 世纪文学》，第 221 页，经典丛书，阿歇特出版社，1966 年。

黎维埃尔，还属于古典谱系。”[1]他的同时代、同谱系的作家，即罗曼·罗兰、杜阿梅尔、于勒·罗曼、莫里亚克，都致力于描绘他们生活的时代和社会。他说：“于勒·罗曼以其一览无余的独特才能，像先前的巴尔扎克一样，致力于描绘整整一个社会。”[2]确实，于勒·罗曼的《诚心诚意的人们》（1932—1946）描绘了1908年10月至1933年10月法国乃至世界政治、经济和社会的图景；诺贝尔文学奖得主罗曼·罗兰的《约翰·克利斯朵夫》（1904—1912）和《母与子》（1922—1933）通过几个个体主义者为实现美好的理想与消极势力展开不妥协的斗争，来反映1880年到第二次世界大战爆发法国及欧洲的虚伪、腐败的社会现实；诺贝尔文学奖得主马丁·杜加尔的《蒂博一家》（1922—1940）可以说是第一次世界大战期间的法国社会史；杜阿梅尔的《帕斯齐埃家族史》（1933—1945）反映了1880至1930年长达半世纪的法国社会的风貌，“这部家族史实际上是一部社会史”[3]；诺贝尔文学奖得主莫里亚克的20余部（中篇）小说（1913—1969）虽然不以编年史的方式出现，但扎扎

---

1 罗新璋选编：《莫洛亚研究》，第442页，漓江出版社，1988年。

2 同上。

3 莱蒙：《大革命以来的法国小说》，第186页，阿尔芒·柯兰出版社。

实实地再现了几代人的心灵和道德的演变史；稍晚的阿拉贡以《现实世界》为总题的五部小说（1933—1954）卷帙浩繁，可以说是1889至1939年半个世纪社会历史和人情风俗的宏伟画幅。

这些属于传统谱系的作家基本上继承了传统的反映论观念，即小说是镜子——时代的镜子，历史的镜子；小说家是见证人——时代的见证人，历史的见证人。读了《夏娃的女儿》，仿佛见到帝国时期的巴黎；读了《悲惨世界》和《巴玛修道院》有关滑铁卢的叙述，仿佛见到滑铁卢战役；读了《萌芽》，仿佛见到第二帝国时期的矿工罢工，等等。他们希望自己的作品也有异曲同工之妙。

但是现代主义作家（也包括一部分现实主义作家）反映论的见证意识淡薄了，他们多以独特的视野来表现自己生活的时代。在发扬现实主义对现实人生实证的分析和解剖的同时，他们着力于对某种形而上的宇宙人生哲学的追求和体验，以自己的作品实践了由现实主义创导者提出却未实现的原则：表现现实世界某些无法表现的部分，无法掂量的部分。他们不像现实主义小说家那样始终把外部世界的面目放在首位。否则怎么理解对共同生活的时代，莫里亚克的“见证”和塞利纳的“见证”是矛盾的、冲突的、格格不入的？蒙泰朗和菇昂多各自的“见证”也大相径庭。

谁是谁非？很难下判断，只能说他们都以独特的自我意识，从不同的角度出色地再现了同一个时代，在使生活本质的真实得到充分、丰富、深刻展现的同时，获得自我实现。

文学的价值在于探索人的状况和人的命运。（萨特语）现实主义大师司汤达、巴尔扎克、福楼拜，为后人树立了榜样。不过20世纪的作家，尤其是现代主义作家，更有意识、更深刻地对之加以揭示，更深沉地表现了对世界和对人生的审视。《追忆逝水年华》（1913—1927）中的斯万，《蒂博一家》（1922—1929）中的安德纳和雅克，《伪币制造者》（1926）中的普罗菲唐迪厄，《黛莱丝·戴克茹》（1927）中的黛莱丝，《茫茫黑夜漫游》（1932）中的巴达缪，《人的状况》（1933）中的陈，《恶心》（1938）中的罗康丹，《局外人》(1942)中的默尔索，《奥雷利安》……都是不同程度的现代弗雷德里克（《情感教育》中的主人公），即人生失败主义的后继者，20世纪的世纪病患者，因对荒诞的世界充满忧患而深感前途无望的悲观主义者。

诺贝尔文学奖得主萨特曾多次引用尼采的名言“上帝已死”，也非常欣赏马尔罗在《西方的诱惑》（1926）中提出的“人类已死”的论点，多次提及马尔罗战后不久在一次重大的国际会议上提出的令人深省的问题：“当今，我们面前摆着一个需要弄清楚的问题：在欧洲这块古老的土地上，人是否死了。”[1]上帝不存在的假设使人处于窘迫的境况，况且与神学相对抗的人道主义在19世纪的现实主义时代已经受到严重的挑战。深受两次世界大战创伤的欧洲人更感人道主义的传统观念陈腐不堪，进而对大写的人产生了怀疑。马尔罗“人已经死亡”一说确实击中时弊，振聋发聩。人一旦失去了终极的依据、尺度和目的，必然感到“焦虑”“恐惧”“痛苦”。人不明白来到世上干什么，人不了解人的本质是什么。这样，人的实在，人的地位，人的意识，总之“人”，成了20世纪作家所关注的中心问题。法国小说家纷纷从各种不同的角度来认识、关注并通过作品来形象地表现人的状况、人的价值、人的生死。请看上述九部名著的主人公的命运：

斯万作为艺术鉴赏家，执着地追求艺术和爱情，却因一个不适合他的女人糟蹋了一生；普罗菲唐迪厄反叛传统的规范之后又落入传统的规范收容所——父权的怀抱；黛莱丝在家庭这座“坟墓”里企图摆脱周围“半死不活的人”，结果被逐出家门，流落街头；巴达缪在黑暗中漫游全球却始终见不到隧道尽头的光亮，不得不苟且偷生，坐以待毙；陈信奉行动就是一切的哲学，把恐怖活动视为实现人生价

1 莫尼埃：《马尔罗，加缪，萨特，贝尔那诺斯》，第21页，瑟伊出版社。

值的手段，不顾后果地向死亡冲锋陷阵，是个必然失败的“盲目征服者”；罗康丹在这无秩序的、丑陋的世界里，面对荒诞的、赤裸裸的存在感到惶恐、焦虑、孤独，在恶心和绝望之余，听到轻轻的爵士乐，为忧患意识所驱，似乎觉得应当做点有益的事情，但仍恍在梦境，不知所措；默尔索面对不合理的世界和荒诞的人生，百无聊赖，是个形单影只的局外人，在莫名其妙地犯了死罪之后，在赴刑场前的夜晚受着星光海风的抚摸，“第一次向这个世界的动人的冷漠敞开了心扉”，产生了生的欲望，可惜太晚了；奥雷利安在军队中耗尽青春之后幻想重新生活，但与社会上的一切格格不入，最后成了孤独者和局外人。即使是信奉传统人道主义的马丁·杜加尔，目睹战争的残酷破坏，人间的世态炎凉，人类的道德沦丧，也失去了雨果那种对美好社会的向往和信心，不得不让安德纳医生在幻灭之后被战争夺去了生命。但他毕竟是传统谱系的作家，他让战死沙场的雅克留下遗腹子，借以寄托他迷惘的希望和对未来的憧憬，尽管是非常朦胧的憧憬。

如果说 19 世纪的现实主义真实地揭露了资本主义社会和封建残余势力的阴暗面以及冷酷的现实，那么 20 世纪的小说，无论传统小说还是现代派小说，则真实地揭露了高度发展的资本主义社会的丑恶面和种种异化现象，其深刻性和广泛性绝不比19世纪的现实主义逊色。巴尔扎克运用“一个瓶里的许多蜘蛛相互吞蚀”的形象来表现资本主义上升时期的人际关系；塞利纳和萨特则运用“一篮子螃蟹相互踩挤”来表现资本主义高度发达时期的人际关系。从内容到思想，基本上是一脉相承的。如果说19世纪现实主义小说已经否定以“善”为中心的世界，那么20世纪的小说，无论是传统模式还是现代派，都竞相表现人性的恶和以“恶”为中心的世界了。

另外，20世纪现代派小说对西方文学永恒的主题之一——“死亡”，有了新的发展。每个人都不能回避死亡的问题，哪怕喟叹宇宙苍茫，深感人生孤独的个体主义者也必须认真对待。19世纪现实主义已经把“死”的问题放在一个重要的位置上。20世纪小说，尤其是现代派小说，始终突出个体的死亡，因为“只有在死的面前才知道生”（海德格尔语）。揭示个体的人与他人、社会、环境的矛盾和恶劣的生存条件，从而唤醒对人的境况的忧患意识和危机感，这是区别当代个体主义的人道主义和传统的人道主义的界线。如果说19世纪现实主义作家对人生意义的寻求还是停留在含有淡淡惆怅的举目远望的阶段，那么20世纪现代主义作家则是在猛力追求了。诺贝尔文学奖得主加缪描绘了西西弗推石的苦役；马尔罗主张行动就是一切，即使是盲目的也好；萨特鼓吹即使失败也要拼命去迎接失败；塞利纳明知黑暗的隧道没有尽头也要坚持走下去。他们深知前景渺茫，道路坎坷，悲观确实悲观，但活着就得奋斗，就得行进，重要的是不能停步不行，直到把自身的热量燃烧完。这就是现代派笔下的生命意义。

## 二

诚然，巴尔扎克是伟大的。《人间喜剧》的问世标志着传统小说样式的定型和真正确立，巴尔扎克模式把传统的小说艺术发展到了顶峰。20 世纪不少作家运用巴尔扎克模式，注进自己生活的时代气息，结合社会的演变，创造了不少优秀的作品。但正如莫洛亚谈起他 60 年文学生涯时指出的："有一天，莫里亚克说得很对，我们这批作家的特点在于叙述故事，而不是想变革技巧。"[1]"我们这批作家"除了指他们两人外，还有罗曼·罗兰、马丁·杜加尔、杜阿梅尔、于勒·罗曼等传统谱系的人。应当说他们在小说艺术上取得了一定的成就，但没有一个超过巴尔扎克。因为按照巴尔扎克模式进行创作是永远超越不了巴尔扎克的。

1 《莫洛亚研究》，第 442 页，版本同前。

时代不同了，一代人有一代人的审美观，要求文艺有新的发展。20世纪人的思维活动方式改变了，“思想情感方式”大大不同于19世纪了。现代派的作家意识到，只有打破巴尔扎克模式，才能超越巴尔扎克。

第一次世界大战，俄国革命，欧洲1917至1923年的革命危机，法西斯主义，1929至1933年的巨大的经济危机，第二次世界大战，法西斯集中营，原子弹，冷战，斯大林主义：人道主义幻想的破灭动摇了整个西方文化，欧洲的精神实体受到了严重的摧残。新一代作家中很少出现“纯粹的”小说家。巴尔扎克式的全景小说，即宏观综合性小说让位于微观分析性小说。小说从认识的工具变成意识的工具。塞利纳和萨特已经把小说当作一种诅咒修辞学和心理学的诗情工具。他们对19世纪理想主义道德观的否定和对传统艺术形式的否定是同时提出来的。小说家进入“怀疑的时代”（娜塔丽·萨洛特语），申明不再以人物为中心，不再以故事为中心，而要对存在，对人的状况提出质疑。

人们不再相信，不再喜欢像巴尔扎克那样的“历史家”（即法国社会）的“书记”了，因为巴尔扎克所“反映的现实”是经过他批判的现实，经过他用传统的人道主义精神批判了的现实，这种“现实”无不打上巴尔扎克的印记。《人间喜剧》是一个世界，在这个包罗万象的世界里，应有尽有。惟妙惟肖的人物，栩栩如生的形象，起伏跌宕的情节，闪闪发光的哲理，深沉绵邈的情思，一切的一切，巴尔扎克都为你考虑周到了，安排妥当了，或给你描绘，或给你解释，或给你暗示，或给你诱导，或给你启迪，总之，把故事情节的来龙去脉，人物的行为因果，人物的好坏美丑，包括他们最隐秘的心理深处，毫无遗漏地展现在你的面前。而作者，他无所不在，无所不晓；他控制一切，指挥一切，虽然有时也出现他始料未及的情况，但毕竟是他在牵动各色傀儡人物。而读者只要舒舒服服地径直读下去，快快活活地受感染，潜移默化地受影响。虽不能说读者始终在被动地接受、消极地接受，但确实很难开展积极的主观性思维活动，更不用说补充作品的思维活动了。

现代主义小说继承并大大发展了福楼拜的小说艺术：主体与客体保持距离，对描写的对象表面上采取冷漠的态度，对发生的事情表面上无动于衷，对人物行为的好坏表面上不带任何倾向，用表示测量定位标界的形容词，用感觉器官（尤其视觉）的形容词，用描述的、表现的、确指的形容词，来代替富于感情色彩的形容词。执意不让读者舒舒服服，快快乐乐，给读者留下疑问和空白，使作者和读者处在相同的位置。小说家的创作只是起点，终点则在读者一方。难怪现代派小说家，从普鲁斯特到塞利纳到萨特到加缪到新小说派到新新小说派的索莱斯，开始时无一不受到攻击和冷落。“深奥艰涩”算是比较客气的评价。这里涉及接受美学的问题。传统小说和读者之间业已建立的信任关系对反传统的东西必然产生抵制力，读者不习惯反传统的新视野、新意识、新感受、新形式。其实被后人称为小说大师的作家在当时没有一个旗开得胜的：巴尔扎克惨淡经营，在很长一段时间里，其读者远远少于欧仁·苏；司汤达长期受冷落；福楼拜受《包法利夫人》的拖累被告到法庭；左拉被诋毁，简直一无是处。认识有个过程，鉴赏也有个过程。如果说《包法利夫人》触怒了外省资产阶级的道德观念和传统意识，那么普鲁斯特和塞利纳笔下的第一人称“我”的那种自然的、坦诚的自我披露使得许多缺乏自审意识的读者在开始接触时感到难以忍受。

总之，像萨洛特所指出的，“旧小说（以及塑造人物的一切陈旧手法）所设计的人物再也不能容纳今天的心理现实了。这些人物不但不能像过去那样展示这种心理现实，而且会使读者看不见它的存在”[1]。现代派作家几乎不摆什么“灵魂工程师的面孔”去直接教诲读者，而是让读者去独立思考。萨洛特说：“对于读者，我们倒是应当说句公

1 柳鸣九编选：《新小说派研究》，第37页，中国社会科学出版社，1986年。

道话，他们其实并不需要耳提面命，多方诱导，才会跟着作者走上一条新的道路。”[1]因此，作者不必要也不可能指出道路，因为根本就没有现成的道路，应当让读者自己去寻找。（萨特语）

在这里，司汤达式的英雄，巴尔扎克式的人物消失了；人的伟大形象消失了。我们知道，传统小说中主人公的形象大多是正面的，完整的，具体的；传统人道主义取代神灵之后，人物被英雄化了，成了物质世界和精神世界的主宰。现代派小说的人物由于无法摆脱孤独感和被遗弃感，其形象不再是社会生活中有个性的、生动的、具体的人，不再具备人的崇高地位和历史作用，变得不完整，变得畸形，变得荒诞，一句话，是病态的。“病态的时代，病态的语言，病态的性欲，病态的举止，病态的生活，病态的意识……显然不应该把这些看作是对原罪的一种模糊的讽喻或是某种形而上的哀叹。这关系到每日每时的生活和对世界的直接体验。……这就是说，在我们的现代社会中，任何东西都是不自然的。”[2]病态的社会导致病态的人物心态：人际关系的冷漠感，生涯落魄的孤独感，人生命运的灾难感。在人与物这一对矛盾中，物的创造者主宰不了物，反而被

1 《新小说派研究》，第 37 页，版本同前。

2 罗伯-葛利叶：《新小说倡议书》，第 81 页，午夜出版社，1963 年。

物主宰，成为物的奴隶。因此，现代派小说，尤其是新小说，推倒了传统小说的人物中心论，从理论到实践把注意力从人转到物。“让物件和姿态首先以它们的存在去发生作用，让它们的存在凌驾于企图把它们归入任何体系的理论阐述之上，不管是感伤的社会学，弗洛伊德主义，还是形而上学的体系。”[1]

罗伯-葛利叶在谈到有关传统小说艺术的几个过时概念时指出：“其实，传统意义的人物创造者只能给我们提供连他们自己也不相信的傀儡。人物小说完全属于过去，它曾标志一个时代，即标志个体至上的时代。……对我们来说，世界的命运已经中止与几个人物、几个家庭的沉浮兴衰相关联。世界本身不再是一种私有财产、世袭遗产和可变财产。享有门第，在巴尔扎克式的资产阶级时代兴许是非常重要的。而今我们的时代虽不怎么自信，却比较有节制，因为它否定了个人的万能，但也更雄心勃勃，因为它高瞻远瞩。专一的对‘人’的崇拜让位于一种更为广博的意识，即一种较弱的人类中心论的意识。小说显得动摇了，因为失去了昔日最好的支架：主人公。它之所以站不住脚，因为它的生命是与一个现时已过时的社会生活联系在一起的。

1　《新小说派研究》，第 63 页，版本同前。

相反，要是用新发现的手段去开辟新的道路，那么小说还能站得住脚。”[1] 个人主义英雄创造时势的时代一去不复返，几个人或家庭的沉浮兴衰无碍于社会的发展。

萨特指出：“当今资本主义的经济生活变得错综复杂，技术官僚深入到资本主义各个领域。财产拥有者的职能和管理者的职能分开了，个人权力，或者确切地说，个人权力的基础消失了。”[2] 在资本主义社会里，随着以科学技术为中心的生产力高度发展和文化的迅速演变，以消费为象征的物的世界把人团团包围，使个人丧失威力，使个性遭到扼杀。表现物化世界的小说，如罗伯–葛利叶的《橡皮》，着重强调了外部的力量对人的作用。又如，《局外人》中那个著名的杀人场景，默尔索在烈日当空、热气逼人的沙滩上，被一个阿拉伯老人手中刀的闪光刺激了视觉，莫名其妙地开枪打死了人。纪德笔下的拉夫卡迪奥在从罗马开往那不勒斯的火车上偶然地，无缘无故地把一个不相识的人推下车。死亡者身上有六千法郎，足见这是“无目的行为”。

20 世纪现代派小说越来越背离传统小说艺术的定义，情节也越来越淡化，甚至到了没有情节的程度（如新小说），失去了传统的“小说情趣”，成为没有小说味道的小说，

1　罗伯–葛利叶：《关于几个过时的概念》，见《新小说倡议书》，第 28 页。

2　《萨特戏剧集》，第 1000 页，人民文学出版社，1985 年。

即“反小说”。“反小说”这个名称首先由萨特在为娜塔丽·萨洛特的《陌生人的肖像》（1948）作序时提出，他开宗明义地写道：“我们的文学时代最为奇异的特点之一，就是到处涌现富有生命力的和非常否定性的作品，不妨称之为反小说吧。”[1]所谓反小说，用萨特的话来说，就是“小说自己否定自己”[2]。这适合于所有的现代派小说。那么什么是传统意义上的小说呢？权威的拉罗兹词典为小说这个条目下过一个定义：“现今的小说是想象的作品，用散文叙述虚构的奇遇故事。”传统小说有一定的框形结构：以鱼贯式的层次，大故事套小故事的形式，来反映现实生活；虚构的故事有头有尾，基本上线性铺展，时空观念十分清楚。现代派小说的主题则不明确，甚至没有主题，淡化的情节具有相对的独立性，许多细节的描写与故事线索无关，画面或场景往往脱离主线横向扩展增生，往往把故事的主轴给淹没了。在小说铺展中，叙述的功能减退，描写的功能加强，因此人与物的静态大大多于动态。

莫洛亚认为普鲁斯特和诺贝尔文学奖得主纪德最先偏离法国古典传统，是文学上的革新作家，即现代派小说的开创者。他写道：“纪德在《伪币制造者》，尤其是普鲁

1 萨特：《情境种种》第四集，第 9 页，伽利玛出版社，1964 年。

2 同上。

斯特在《追忆逝水年华》里，角度才开始改变。”[1]在他看来，普鲁斯特的小说排除作者的感情，以流动不居来取代古典程式，打破了时间的顺序和空间的界限，故事无始无终，似完非完，多层次、多角度、多变化地让意识在心理时间和空间里自由流动。这里，形象与意识交融，画面或场景随着意识而迁移、转换，或人在景中意识却在景外驰骋，形成了意识流效应。纪德在《伪币制造者》中创造性地发展了福楼拜提出的抒写“生活的某个横切面”的主张，不再以编年史的形式抒写人物、家庭、社会，而是摄取生活的一个侧面，深入挖掘，同时抒写几个人物在相同时间里的活动，画中套画，景中生景。《伪币制造者》并不是作者纪德写的小说名称，而是小说中的一个人物正在写的一部小说的名称。这样，小说套小说，形成纪德说的“无底洞式的连环构架”，亦称“纹心结构”。

这种同步的，或交错的、多方位的描写，在后来的现代派小说中发展起来。譬如，萨特《自由之路》的第二部《缓期》深受美国作家达索帕索斯的影响大量采用同步描写，有时竟同时描写一二十处发生的事情。这种镜头快速转换的场景描写在现代派小说中普遍得到运用。其实在电影艺

1 《莫洛亚研究》，第 442 页，版本同前。

术出现 40 多年之前发表的《包法利夫人》中，已经出现同步描写的端倪，那个著名的农展会的场面接连跳出八九个人的画像，很像电影中短促快速替换的特写镜头；另外还出现了同步对话，众人杂乱的话语，都被毫不连贯地记录了下来。至于结构松散的《情感教育》，全书可以说是细节的串联，好似不同时间和地点拍摄的相片：访问，聚会，游行，演说，斗殴，舞会，散步，偷情，旅行……这些交替出现的场景再现了平日的生活，反复而又琐细。

现代派小说把福楼拜内容丰富、枝枝蔓蔓的画片式小说推得更远，罗伯-葛利叶的电影小说《去年在马里安巴》（1961）就是一个杰出的例子。这里，描写似乎就是小说的主体乃至本身：一切通过一幅幅画像来表现人物和景物，旁白甚少，叙述更少，描写接着描写；一切时断时续，若隐若现，反反复复，绵延交错。画面常常是移动的，跳跃的，画面之间往往没有承上启下的过渡语言，使人感到突然；章节之间，段落之间，词句之间有无数个大大小小的空白。小说被电影化了。作者在《未来小说的道路》一文中指出："电影本身也是心理学和自然主义传统的另一个继承者，它的唯一目的，十中有九，是把故事转为形象，它专心一致地谋求通过精选的场景，把书本上通过词句从从容容传达给读者的意义直接浮现在观众眼前。”[1]让读者自己探索，自己寻找答案，直接参加文艺创作活动。

在这类一连串的描写中，细节的真实至关重要。萨洛特说：“真实的小事儿与虚构的故事相比，确实具有极大的优势。首先因为它是真实的。”[2]细节的真实之所以重要，因为它可以使虚构的故事显得真有其事。福楼拜说过，一切伟大的作品都应是百科全书式的，作者要有极其丰富的知识，甚至应当无所不晓。他在1854年4月7日的信中写道：“我正在研究畸形足。”当时他正在创作《包法利夫人》，爱玛·包法利可以虚构，畸形足的手术绝不可虚构。在这方面，不管传统的作品和现代派作品之间内容、形式、风格有多么大的不同，小说家在下笔创作之前都要进行一番考察甚至实地访问，这一点是共同的。福楼拜在写《情感教育》时，发疯似的查阅1848年革命的资料，两周内通读27卷，并做了笔记，连从巴黎到枫丹白露的路线图都搞得一清二楚。尤瑟纳尔在写《哈德良回忆录》（1951）和《苦炼》（1968）以前绝不比福楼拜在写《萨郎波》以前所查阅的资料要少。《劫后余生》（1970）的作者巴赞和《幽会的房子》（1965）的作者罗伯-葛利叶分别事先去故事的

1 《新小说派研究》，第62页，版本同前。

2 萨洛特：《怀疑的时代》，第81页，思想丛书，伽利玛出版社，1956年。

发生地特里斯坦–达库尼亚群岛和中国香港进行实地考察。普鲁斯特对细节真实的重视尤为突出。他力求不出任何细节上的差错，他与园艺师、裁缝匠、药剂师、天文工作者、纹章学家等经常保持联系；为了搞清楚某些植物的性能，专门研读过达尔文的《植物的运动功能》。

由于现代小说家讨厌情节离奇的虚伪，装腔作势的想象力，更讨厌胡编乱造，他们就在创作上顺应读者的要求，尽量使小说富有真实感、可信性。这样，自传体小说、日记体小说、手稿式小说等以第一人称写作的小说应运而生，尤其在现代派作品中屡见不鲜。

譬如，纪德的《妇女学堂》（1930）是这样开始的："先生（指加斯通·伽利玛）：几经犹豫之后，我决定寄上我母亲留下的几本日记的打字文本……如果您认为这些篇章对年轻的妇女读者有所裨益的话，请尽管发表好了。"短短两句话使人对这本书的真实性确信不疑：把自己亲生母亲的日记拿出来发表非同小可，女人家写日记并不想发表，记的多为隐事，所以绝对真诚、可靠；这部日记一定非常有意思，因为是德高望重的、饮誉全球的纪德推荐给伽利玛发表的。但纪德觉得还不够叫人放心，故意加上一句："我万万没想到埃芙莉娜写得这么好。"既然是日记，当然是用第一人称写的。"现在，小说的主要问题在于从读者那里收回他旧有的贮存，尽一切可能把他吸引到作者的世界中来。为了达到这个目的，把第一人称的‘我’作为小说的主人公，是既有效又方便的方法。无疑也是出于这个原因，小说家经常采用这种写作方法。”[1]

20世纪自传体小说在荣获成功的作品中占很大的比例。“我”成了真实性的代名词。第三人称的小说，在主人公和读者之间有一个中间人：小说家。透过《人间喜剧》，读者看到的是巴尔扎克的面貌，听到的是巴尔扎克的声音，感到的是巴尔扎克的气质，总之，面对的是巴尔扎克这位巨人。现在“我”把这个中间人取消了，直接向读者讲述自己的经历，可信的程度自然增强了。萨洛特指出，在第一人称的小说里，“我”的主导作用不断提醒人们“我”的所见所闻、所作所为是确信无疑的。（《怀疑的时代》）

小说中运用第一人称“我”本是出于现实主义的一种考虑。但“我”是谁？在传统小说中，多半是明确的，即作者本人。《伊尔的美神》（1837）的叙述者“我”就是梅里美本人，小说便是国家历史古迹巡视员的自述；《嘉尔曼》（1845）中的“我”已不再是主人公或见证人了，“我”是介绍者，故事员。这很像《曼侬·莱斯戈》

1 《新小说派研究》，第39页，版本同前。

（1731）的作者普莱服神父和《保尔和维吉妮》（1787）的作者圣-比埃尔，他们偶尔遇见一个人，这个人给他们讲了一个有趣的故事，值得笔录下来，以飨读者，并且声明其真实性。普莱服神父写道："我要提请读者注意，我听了他的叙述之后，当即就把他的经历记了下来。因此，读者尽可相信，本书做到了完全准确和忠实。我所说的忠实，甚至包括不幸的年轻人发自内心的感慨和叹喟，我都照录不爽。下面是他的自述，从头至尾，我没有掺杂任何东西。"[1]这里作者"我"让位于当事人"我"，以增强其可信性。

现代派小说中的"我"，一般仿佛蒙着一层面纱，似"我"非"我"。《追忆逝水年华》中的"我"，时而是参与者，时而是叙述者，而且若隐若现，如《斯万的爱情》一节中"我"的活动完全消失了。读者一时摸不清"我"姓甚名谁，从蛛丝马迹中得知"我"名叫马塞尔，正好与普鲁斯特的名字相同，使人猜想"我"就是作者本人，但在一个非常不起眼的地方偶尔出现"我"的父亲是某国务部门的办公室主任，因为始终不露家姓，所以好像"我"又不是作者本人。另一种情况是主人公"我"

---

1 《法国中篇小说选》上册，第279页，人民文学出版社，1988年。

的姓名、职业、经历，与作者明显不同，如萨特的《恶心》和加缪的《局外人》，但读者感兴趣的不再是故事的情节和人物的命运，而是通过作品了解萨特的存在哲学和加缪的荒诞哲学。还有一种情况，如费迪南·塞利纳的八部小说，全是自传体小说。主人公“我”除了在第一部小说《茫茫黑夜漫游》中叫巴达缪外，其余七部的“我”统统叫“费迪南”或“塞利纳”。从《茫茫黑夜漫游》到《轻快舞》（1969），主人公的活动轨迹基本上与作者的经历相符，从职业到社会活动到日常生活到居住地点基本上相差不大。许多读者信以为真，闹出许多误会、曲解、怨恨，至今还有不少疑团没有消除。塞利纳本人对误解偶尔破口大骂一通，但一般不予置评：反正大作家的地位得到公认，目的达到了。塞利纳的例子是独一无二的，但也说明他把第一人称“我”用得出神入化了。

这里，第一人称“我”之所以经常以假假真真的形式出现，之所以不能像传统小说中的“我”那样名正言顺，是因为时代不同了。阿拉贡指出：“20世纪现实主义的一个大难题：由于外部的审查而受到限制或作家自我限制，在本世纪六七十年代，我们不便于写自己熟悉的、认识的、经历的事情，这便是现实主义内在的困难。有时我寻思还需要多长时间才能克服这些现象。未来的现实主义者为了讲真话可能越来越要善于说谎。”[1]由于现实过于严峻，小说家不得不通过假假真真的手法按自己的愿望打扮自己，借以造成幻觉，减轻不能获得自己、抓不住自己的本质所引起的痛苦。

在艺术技巧方面，由于第一人称往往与“现在”相联系，其时间概念不同于传统小说。传统小说虽然也出现倒叙或时间交替，也有用第一人称的（相对来说，数量少得多），但基本上采用有序时间、线性时间，即人们日常生活中的时间。现代派小说往往采用柏格森的心理时间，作品人物的意识活动可绵延可浓缩，可加快可消融，可单线可复线，可有序可无序，可停滞可跳跃。过去、现在、将来，互相交替，互相渗透，貌似杂乱无章，疑云团团，实际上乱中有序，云过天蓝。从普鲁斯特的意识流小说《追忆逝水年华》到布托尔的新小说《变》（1957），直至索莱斯的新新小说《娘儿们》（1983），都大量运用心理时间提供的方便来表现人物的意识和行为。这几乎成了现代派小说的一个共同的特点，应当说它大大发展和丰富了传统小说艺术的表现手法。

有的作家甚至不满足于第一人称“我”引起的读者参

1 《阿拉贡研究》，第491页。

与意识，有时代之以“你”。布托尔的著名小说《变》就是一例。小说劈头第一句“你把左脚踩在门槛的铜凹槽上”，接着下来一连二十几个“你”的动作和状态，到第六段的末尾才出现“他”。这样，读者一下子进入人物，仿佛成了小说的主人公或至少与主人公同舟共济，产生了强烈的参与意识。这种“你”，以咄咄逼人的节奏向主人公即读者提出抽象又玄妙的疑问：你来自何方？你此去何处？你想干什么？等等。最后乘坐火车去罗马的主人公经过回忆和思考似乎明白了他所爱的并不是他的情妇，而是她居住的那座奇妙的城市。既然如此，跟她同居肯定不会幸福，所以毅然返回巴黎。然而作者并没有告诉我们主人公的决定是对是错，他的抉择是好是坏，而是让读者自己去评论。新鲜的是，布托尔说：“《变》是对一个人讲述他自己的故事。”[1]以前的小说一向讲他人的或自己的故事，这里讲“你”的故事，因此一切都翻了个个儿，原先作为内心的、内在的、主体的东西，如今变成外部的、外在的、客体的东西。“传统上相爱的男女主人公变成这个无所不包的世界的一种感觉效果。”[2]

因此，似“我”非“我”，似“你”非“你”，这种

1 《新小说派研究》，第521页，版本同前。

2 同上。

人物形象在现代派小说中成为某种共性的抽象或观念的象征，也仿佛是某种社会情绪的体现或某个阶层的人格化或某种类型人物的畸形化，概括地说，是人的某种原型化。总之，第一人称“我”和第二人称“你”无一例外地在揭露现实的同时也剖析主人公自己，强烈地体现了作者的自审意识。

## 三

在论述法国20世纪文学中的现实主义问题时，我们不能回避长达三四十年之久的两种名称相近但实质迥异的文学现象和思潮：无产阶级文学和革命的无产阶级文学，即社会主义现实主义文学。

三四十年代，法共作家和批评家跟其他左翼文艺界人士关于现实主义问题进行了争论，论题主要围绕两个问题：对现实主义文学的态度和对批判现实主义的评价。他们把20世纪其他左翼的现实主义文学（主要是小说）一概斥之为“自然主义”，几乎全盘否定。对所谓批判现实主义的评价主要依据高尔基那两段有名的论断。这是我们大家都熟悉的。为了论述方便，不妨再引录如下：

“资产阶级的‘浪子’的现实主义，是批判的现实主义。

这个主义除了揭发社会的恶习，描写家族传统、宗教教条和法规压制下的个人的‘生活和冒险’外，它不能给人指出一条出路，它很容易安于现状，但除了肯定社会生活以及‘一般生存’显然是无意义的以外，它没有肯定任何事物。”

“批判的现实主义是作为‘多余的人’的个人创作而产生的，这些人不能为生活而斗争，在生活中找不到自己的地位，而且或多或少明确地意识到个人存在的无目的，于是把这种无目的只是了解为一切社会生活现象和一切历史过程的无意义。”

这两段话虽然对资产阶级的“浪子”给了一定的肯定，但主要是指出他们的不足，即局限性。尽管司汤达、巴尔扎克这些“浪子”有较高的艺术成就，但他们不能指出一条出路。所以，阿拉贡等人提出文学的倾向性应当由暴露转向歌颂，文学作品“不是酷似生活，而是比生活更高、更好、更美的东西”；仅仅描写现实的“实际怎样”已永远不够，而且要展示现实“应当怎样”，指出美好的未来。为此，他们批评众多的现实主义和以萨特为首的存在主义者以及其他现代主义者对前途丧失信心，悲观失望。阿拉贡指出：“它（社会主义现实主义）的目的在于：批判是为了更好地干，而不是泄气。”[1]“它（社会主义现实主义）因为具有人们所要求的典型形象，而且这些形象是改造现实的英雄和人物，所以可以以从现实出发创造未来的精神教育人们，改造人们。”[2]

萨特的存在主义文学虽然名噪一时，蜚声文坛，但法共的文艺力量更加强大，数以百计的小说家、批评家、理论家出版了大量的小说，发表了大量的文艺论文，人多势众，蔚为大观。其中享有殊荣的当推法共作家安德烈·斯蒂，他是斯大林文学奖的得主，被苏联人誉为法国20世纪最伟大的作家之一。他的论文集《向着社会主义现实主义》虽然基本上是日丹诺夫理论的翻版，却被视为法国社会主义现实主义理论的经典。他的小说《第一次打击》三部曲（1951—1953）被捧为法国社会主义现实主义的典范。全书贯穿着两个阶级、两个阵营的殊死搏斗：一方是资本家，无耻的军火商，为美国人的利益效命，是出卖祖国利益的叛徒；另一方是法共领导下的法国人民，他们为争取国家的自由和独立而斗争。以共产党员勒鲁瓦为首的党支部领导码头工人同反动的资本家斗争，码头工人在斗争中提高了政治觉悟，取得了斗争的胜利。在他们的榜样的感召下，全国的工人紧紧团结在法共

1 《新小说派研究》，第641—642页，版本同前。

2 同上。

周围，看到了美好的未来。勒鲁瓦聪明能干，关心同志，在斗争中百折不挠，始终以高昂的共产主义精神鼓舞群众，坚信党的事业、人民的事业必胜，坚信资本主义、帝国主义行将灭亡，指日可待。显而易见，这部长篇小说是在明确的目的、意识和观念指导下创作的，根据政治的需要和政策的概念来裁剪生活，编织故事，带着强烈的幻想来抒写乐观主义和无产阶级英雄主义的情怀。

话说回来，法共作家们的小说在发表的当时当地对鼓舞群众、教育人民、激励民众同资产阶级右翼反动派和法西斯主义斗争多少起过一些积极的作用，也出现了一些优秀的作品，譬如，巴比塞的《火线》（1916），瓦扬-古居里埃的《士兵的战争》（1919），让-布洛克的《西班牙！西班牙！》（1936）等。但这些大多是他们前期的作品，基本上属于传统的现实主义范畴。他们后期的作品一般都不太成功。像斯蒂那样按社会主义现实主义原则创作的作品现已被广大读者遗忘了，连文学史家和研究人员也很少光顾。因为，且不说艺术价值，恐怕作为历史见证、参考资料的价值也不太高。如此看来，从苏联舶来的社会主义现实主义确实不符合法国的国情。

阿拉贡的情况特殊。阿拉贡现象是个非常复杂的现象。他身为法共文艺战线的代表和发言人长达 20 年之久，总的说来，执行的是一条错误的文艺路线。但他在进行小说创作时却完全成了另一个人，把自己鼓吹的文艺理论抛置脑后，充分表现出自我意识，保持着主体性。他的小说除了不成功的《共产党员》（1949—1951），根本看不出日丹诺夫文艺思想的影响，有的甚至与之格格不入。莫洛亚对他有个评价："当时各种文学潮流像云块的影子，掠过法国文坛的上空。原先习惯于从理性的角度看待因果关系，达达派，超现实主义，在打破过分强调理性因素这点上，很有实效。阿拉贡如果不入乎超现实主义，后来又出乎超现实主义，就不能成其为大作家。"[1]大概正是超现实主义和现实主义不断发生冲突，才使他成为大作家的吧。

那么无产者作家的命运如何呢？以布拉耶为首的无产者作家集团创办的《文学新世纪》至今只过去半个多世纪，但他们的作品已经很少有人问津，也很难找得到。出身下层、背离布拉耶唯成分论的季奥诺、塞利纳、加缪，倒成了20世纪的大作家。布拉耶本人的名字只在文学史家的笔下偶尔出现，在大学的文学史课上偶尔提起。有人觉得这太不公平了，热心者挺身而出，力图保存这份文学遗产。1974年阿尔班·米歇尔出版社出版了米歇尔·拉贡编著的

1 《莫洛亚研究》，第444—445页，版本同前。

《法国无产阶级文学史》，颇受人们的重视；斯托克出版社随后抛出《无产阶级文库小丛书》，首先再版了埃米尔·日约曼的《一个普通人的生活》（1979），布拉耶的《每日的面包》（1980）和四卷自传。这些作品朴实、粗犷、单纯，是二三十年代他们那批人的代表作品。它们的再版理应为当时喧哗的，混浊的，不知去向的文坛注进一股清新的气息，遗憾的是，书卖不出去。出版社赔本太大，出版计划不得不中止。布拉耶所推崇的路易·纳济、玛格丽特·奥杜、内埃尔·多夫的作品未能再版，第二次大战后出生的读者也许不知道他们的名字。《法国无产阶级文学史》非常推崇的两位现今还有点名气的作家——《劳动》（1945）的作者若日·纳韦尔和《艾莉丝或真正的生活》（1967）的作者克莱尔·埃切勒利，他们在会见笔者时，带着几分恼火的口气坚决否认自己的作品属于无产阶级文学范畴。他们分别都说，您看，我的作品已进入《福利欧白皮小丛书》，这是为全体人民而写的，没有阶级属性。在我们看来非常光荣的称号，作者本人却觉得“并不光彩”，这似乎令人费解，但也令人深思。

绝大多数法共作家和批评家以及其他马克思主义文艺家和学者，在斯大林主义的黑幕逐渐被揭露以后，特别在1956年匈牙利事件以后，很少有人再提及社会主义现实主义和革命的无产阶级文学了。我们知道，苏联官方的文艺评论家，西方共产党正统的文艺评论家，西方马克思主义文艺评论家，包括较有独立人格和较为开放的卢卡契，从30年代初到50年代末的长达30年间，对法国传统的现实主义始终持批判的态度。他们对现代主义文学持更加严厉的批判态度，甚至持全盘否定的态度，到50年代末期才开始“宽容”。卢卡契也不例外，他从30年代的《表现主义的兴衰》和《现实主义辨》到50年代的《现实主义的意识形态》，始终对西方20世纪最伟大的作家之一卡夫卡持严厉的批判立场，直到50年代末的《批判现实主义的当今意义》才开始松动，说可以把卡夫卡看作当代“重要的现实主义作家”。

通过以上的分析和阐述，我们不难看出，一方面，尽管现实主义作为一个强大的艺术流派，在20世纪的法国文坛上已不复存在，但是它作为人类的一种基本的创作方法，作为人类艺术地把握世界的方式，仍然得到了承继；另一方面，这种承继又不是一种简单的因袭和照搬。随着20世纪社会历史的突飞猛进，以及随之出现的人类审美意识的拓展变更，现实主义在新的历史条件下，不断获得新的内涵和意蕴，不断获得长足的发展乃至超越。也许正因为这种继承和发展的文学运动轨迹，光辉灿烂的法兰西文学才能源远流长，永葆青春，始终在世界文学之林独树一帜。

1989 年深秋于北京

2020 年初春修订

# CONTENTS

# 目录

001　译　序

001　与 Y 教授谈心

# 译　序

塞利纳的出版商加斯通·伽利玛[1]通过以让·波朗为首的审稿员和《新法兰西文学评论》负责人员放出风声，要求塞利纳对待评论家、文学记者以及褒贬作家声誉的文人学士别太锋芒毕露、愤世嫉俗、不近人情。塞利纳闻讯后非但拒绝接见伽利玛派来的说情采访者，而且竭尽讽刺挖

1　国内各家外国文学出版社均把 Gallimand 译为伽利玛。笔者是改革开放后最早的法国文学译者之一，1988 年 1 月出版译作《茫茫黑夜漫游》，一炮打响，获得全国读书二等奖。过了几年选编《塞利纳精选集》，收入《与 Y 教授谈心》这篇奇文。在这篇作品中，作者企图发泄不满，责难加斯通不懂天才，唯利是图。笔者理解塞利纳笔下的伽利玛形象是：一匹红利加冕的千里马。从此把 Gallimand 翻译成“加利马”。但出版社编辑大多都将其改成伽利玛：并无大碍，从不较真。但心里一直认为对不起塞利纳。好在 30 多年过去了，伽利玛作为文学出版社，始终保持每年红利在全球榜上有名。一笑。

苦之能事，连连出招。以上传言无从证实，但闹得沸沸扬扬则是真的。

然而，塞利纳高明之处在于做事出人意表，叫人措手不及。他居然认认真真撰写了一篇臆想访谈，我们不妨将之称为“小说性文学艺术散论”。他借端生事，跟伽利玛上下都闹翻了，把同行骂个狗血喷头，跟所有人清算，包括赞赏者和蔑视者，因为这两类人的见证都令他大为不满。我们不妨把这篇代表塞利纳独特风格的“美文”概括如下：

塞利纳跟他的采访者相约于工艺美术街心公园，原来Y教授是一名退伍上校，患前列腺疾病。这位仁兄居然也是伽利玛出版社的作者，被社领导派来采访塞利纳。他聆听塞利纳滔滔不绝的讲解、回忆、披露和启示，被他一连串的奇谈妙论弄糊涂了。此时的Y教授已变回兵痞出身的退伍上校，昏头昏脑开始顶嘴，以致完全失态；在失控之下，任凭塞利纳摆布。他唯命是从，甚至在众目睽睽之下站着小便失禁，尿了一裤裆，脚下一摊尿，却硬是不肯离开，硬逼着塞利纳继续讲他天下第一文学艺术大发明，不断提一些牛头不对马嘴的问题，越听不懂越要听。

相比之下，塞利纳从容不迫，着重讲他文学风格的“小发明”，他的“技巧”，他的“窍门”，所谓拿准火候的“诀窍儿”。他自比印象派画家，因为印象派大师们把如实映现固定的、死板的照片革新为富有激情、注入情感的创作。塞利纳身为作家，大胆索求，享有其他艺术家如画家、建筑师、作曲家等相同的大胆创新权利。况且，他豁出去了，顾不得是否会有追随者，反正他驾着他的“地铁”上路，载着他的文学艺术以及同代人飞速向前滚动，永不在“斜刀刃般的铁轨”上停顿，一直往前冲：“特种地铁！”这篇小杰作让我们看到一个不无幽默的塞利纳，甚至有点儿黑色幽默，他善于把自己特有的容颜相貌无情地转嫁到他的对手身上，也许对自己更无情：人格的两重性昭然若揭——在这篇奇文中，作者似乎向读者呈现了《茫茫黑夜漫游》主人公巴达缪的另一个侧面。

天才作家塞利纳，一开始就被法国文学界以及广大读者看好，但因众所周知的政治道德备受批判，在这个重大问题上，我们早已详尽论述过了（请参阅《塞利纳精选集》拙序）。这里只谈他独一无二的创作风格。塞利纳刻意追求的正是独一无二的创造性，发明一套从内容到形式的崭新口语文学。塞利纳去世近 70 年，现在人们讲的口语基本上还是塞利纳语言（笔者罗列了十条，请见《塞利纳精选集》拙序）。然而，当时法国文学界确实不乏一批作家要把塞利纳置于死地，比如塞利纳客气地点了一个“假名”：“勇敢的人”，系指法共作家罗杰·瓦扬（Roger Vaillant，

1908—1965），谐音词 le vaillant 意为“勇敢的人”。他在1950 年 1 月 13 日的《民族论坛》著文，叙述 1943 年抵抗运动行动小组决定处决塞利纳，所幸未遂。塞利纳确实逃过一劫。然而，他也狂言吹嘘自己从上苍得到天赋，自称“本世纪唯一真正的天才，唯一的作家，然而人们不谈起他，不让他获得诺贝尔文学奖，千方百计要枪毙他，因为嫉妒他”，当然这是不实之辞。

然而，塞利纳有些抱怨是可以理解的，其中最为不公的则是：他的文章受到批判和打击，却偏偏被名家抄袭。他写道：“剽窃者从来没有像现在这么趾高气扬，倚仗权势。”“我自己深有体会，跟您数不清有多少人抄袭我的作品，把我的作品改头换面，篡改转卖，发了横财。恰恰是靠我发了横财的坏蛋恶意中伤我，逼着刽子手把我干掉。”我们不妨重复曾经在别处举过的例子：大名鼎鼎的萨特承认抄袭过塞利纳，比如“人与人的关系宛如一篓螃蟹互相踩踏”，“拥抱一个女人，犹如搂住一个大粪袋”。众所周知，萨特并没有因批判塞利纳反犹亲德而后悔，但虚心接受抄袭塞利纳上述动情的话的指控。他两次声称塞利纳比他伟大，是他那个时代最伟大的文学艺术家。他出语惊人，明确指出：“也许塞利纳将是我们中间唯一永垂不朽的。”

那么，文学艺术家塞利纳到底创造发明了什么？用他自己的话来说就是："笔语情感化！书面语已经干涸，是我使它恢复了情感，玩意儿虽小，魔力却大着哩！"一言以蔽之："口语情感贯穿笔语始终。""'情感逼真之处'是抒情的。抒情的作者，我算一个吧，得罪了大批大批的'厕所读者'，也得罪了优秀分子。"再说对立，抒情使作家神经发怵，动脉不畅，引起众怒，但就是要写得"情感逼真"。"写'情感逼真'的小说累死人，因为情感只有通过口语或通过对口语的回忆才能捕捉和实录。"每每讲述得意之时，他总是假谦虚一下，比如说："我只不过是个小小的发明家，小玩意儿的发明家，反正很像活硬领上的扣子，缺了还不行！"话锋一转立刻攻击别人："但绝没有什么理念。让贩子去兜售理念吧！"他瞧不起讲究"包装"文学的作家，以为凡是大名鼎鼎的作家，或多或少都搞些包装，铁幕或非铁幕"包装"，"无政府主义包装，夸张派包装，圣画派包装，只要有包装就行"。顺便提一句，塞利纳是继普鲁斯特之后第二位公开严厉批判罗曼·罗兰的法国超一流大作家。

塞利纳正确指出，因为他们的小说越来越被电影工作者改编，却比小说精彩：动态的风景，独特的风光，美丽的少女，脱得精光的女人……一切好似身临其境。小说比不上电影风光！他还跟Y教授说他自己完全小说化了之后，写“反小说”了。他解释说：“我的情感化风格动摇了小说，使其一蹶不振，小说不复存在了，并使电影乱了阵脚，使电影奄奄待毙！”他此话的意思是说，电影再也复制不了小说，其结论是：“天才是独一无二的，一意孤行的，不顾他人的。”他接着写道：“我硬让全班人马跟我进入地铁，乘情感地下火车，那是我的地铁。没有任何不便，什么阻塞一概没有了。如入梦境。一站不停向前开，驶向目的，直接驶向目的。”总之，进入情感，通过情感，达到情感，只有一个目的：情感。“从头到尾全是情感。”“唯情感为所欲为，纠缠不清的情感哪。”于是，塞利纳忘乎所以，自问自答：

“为什么我是文学天才，唯一的天才，嗯？

——击中要害的情感，绝非旁敲侧击的情感！”

上校听得一头雾水，这位所谓由加斯通·伽利玛和波朗派来的说客总算情不自禁地迸出一句话来：“您是艺术家。您的地下火车永不停止，您为自己勾勒出一种风格。”上校全然忘却被派来挑刺儿的任务而完全被塞利纳的“情感”所征服。

然而，塞利纳对这样的恭维还嫌不够，吹嘘他还发明省略号：“三个点”的特殊用法。“…”是法语标点省略号，一般应放在一个句子末尾，但塞利纳随情感波动到处用，在句首句中句末到处用，以示节奏或停顿，随情感起伏而定，以助突显“贯穿笔语的口语”。许多人不买账，他反驳道：“好吧，三个点！有人经常责备我，对我的‘三个点’说三道四：哼！他的三个点！嘿，他的三个点，他连句子都不会写完。各种荒谬的说法！”而塞利纳确实十分认真地把这项发明吹得神乎其神，声称“‘驶在由三点轨枕支撑的神奇又神奇轨道上的地下火车’比原子更重要”。不幸的是在下作为中文译者，根本无法用“三个点”表示译文情感节奏，因为中文的节奏与法文的节奏完全不同，所以只好一概取消，谨请大天才先生在天之灵见谅。但应当承认，这位情感口语体文学的天才横空出世之后，至今他的口语神灵地位依旧不可动摇。

奇文难归类，前小半部分与Y教授谈话应是记叙文，从把Y教授改称上校后，即完全小说化了，对话变成戏弄低智商的退伍上校作家，旁敲侧击，甚至直言不讳地讽刺挖苦加斯通·伽利玛及其属下。当时塞利纳的主要出版商是德诺埃尔，不怕得罪伽利玛。笔者以为，恐怕塞利纳本人也没有想到加斯通·伽利玛居然将这部攻击伽利玛及其合作者的怪书以最讲究的白皮红书名版本出版，而且稿费丰厚。从此塞利纳成了伽利玛的红人，后来德诺埃尔出版社不景气，伽利玛独家出版塞利纳全部著作，成为最著名的《七星丛书》精装本最为畅销的系列。

沈志明

2019 年夏末于巴黎

# 与 Y 教授谈心

Entretiens avec le Professeur Y

事实明摆着，书店生意萧条，危机十分严重。千万别信什么十万册、四万册的印数，什么四百本样书。弥天大谎！哎呀，唉，只有“桃色刊物”尚能维持，《祸不单行》《面无人色》[1]还能穷对付。实际上，书卖不出去，情况严重。电影，电视，家用商品，小型摩托车，二马力、四马力、六马力汽车，极大地损害书市。一切都“分期付款出售”，你们想想，还有“周末”，还有长达两三个月的假期，游江渡海，优哉游哉。不过，对不起，小小的个人收入也就花光了，甚至负债，弄得身上一个铜子儿也没得，怎么买书呢？买辆旅行汽车还罢了，买书干吗？书可以借阅，大家通融通融，

---

1 《祸不单行》，侦探小说丛书名，始于1949年；《面无人色》，惊险小说丛书名，也始于1949年。均由著名作家马塞尔·杜阿梅尔主编，伽利玛出版社出版。译者注。后文脚注均为译者注。

一本书至少经20至25人之手。面包或火腿要是也可这么分享，那该多好呀！一片火腿由20乃至25个消费者分享，该是多大的奇迹呀！如果说面包的增殖效应令人神往，那么图书的增殖效应，即作家劳动的无偿性，则是活生生的现实。这样的奇迹居然在“你抢我夺的场所”若无其事地实现了，或者通过阅览室等形式客客气气地实现了，如此这般，不一而足。无论哪种情况，作者只好束紧裤带。这是主要的。作者被认为享有一份可观的个人财产，或一笔某个大党提供的年金，或发现了不吃而能活的秘诀（比核聚变还厉害）。况且，凡是享有特权的、拥有大量股息的人无一不斩钉截铁、郑重其事地向你们宣告：唯有贫困方见天才。艺术家应当受苦，不是受一点点苦，而是尽可能多地受苦，因为艺术家只有在苦中诞生。痛苦是艺术之师。（基石先生语）[1] 更有甚者，众所周知，监狱对艺术家没有任何坏处，相反，真正艺术家的真正生活仅仅是长期或短期地跟监狱捉迷藏；断头台尽管样子可怕，而且专候艺术家，可艺术家偏偏乐此不疲。一切逃脱断头台或枪决木桩的艺术家出狱之后都被认为是捣蛋鬼。既然艺术家鹤立鸡群，好出风头，那他

---

1 “痛苦是艺术之师”，套引缪塞长诗《十月之夜》，原句为：“人是学徒，痛苦是他的老师，/不吃苦中苦就没有自知之明。”巴黎法兰西戏剧广场有缪塞塑像，下有座石拱托，故戏称“基石先生”。

受到示范性惩罚是正常的，自然的。沿街窗口全部高价出租给观看刑辱的众生，让他们真挚地目睹艺术家受极刑的折磨。协和广场人山人海，连树上都栖满了。只在杜伊勒利公园中央留出一大块空地，以便让人更清楚地看到艺术家脸部的怪表现。施刑者用一把小刀慢慢地、悠悠地割他的脖子。这是小丑的下场，世人所等待的小丑下场。倒并非因为他当了乌龟，强颜欢笑，脸部尴尬，而是因为人家把他捆绑起来，绑在支架或车轮上受刑，任他号叫四五个小时。这也是作家所面临的下场。作家也是小丑嘛！当然啰，他逃不过人们为他设下的狡猾、下流、伪善的陷阱。或由大的、小的学会[1]出面，或由教区出面，或由政党出面，给作家提供庇护，但所有的庇护都不牢靠，不可抱有幻想。所谓的"庇护"，所谓的"保证"，都没有好结果，甚至那些持有三四张"证件"的作家也毫不例外。呜呼，跟魔鬼签协约，签订一个失败一个！

总而言之，如果仔细观察，你们将发现许多作家手头拮据，却很难找到一个出版商在桥下过夜的，岂非咄咄怪事？那天我跟加斯通谈起这些事，加斯通·伽利玛略知一二。关于我，他认为我应当想方设法打破沉默，因为沉

1 暗指法兰西学院和龚古尔学会。

默使我大吃其亏，但打破沉默，出头露面，让别人承认我的天才，谈何容易。

“得了！”我叹道。

“您不肯冒风险！”他下结论说。这话虽不算责备，却不是滋味。加斯通当然称得上文学资助者，但他也是商人。我不想使他伤心，便风风火火寻找机会显示“冒风险”的才干。请想一下，我是搞科学的，曾勘查过“风险”的范围。我立刻明白，所谓“冒风险”，首要的含义是上电台，得把其他事情先停下来。上电台结结巴巴讲一通，豁出去，讲什么都行，但要把自己的大名重复一百遍，一千遍，诸如“大泡沫肥皂”，“无刀片剃须器”，“天才作家伊利西”。如法炮制，如出一辙！扔下话筒，离开电台，你得立刻叫人把你拍成电影，详详细细把你的初生期，你的青春期，你的成熟期，你的任何一点点变化，都拍成电影。拍完电影，打电话，把所有的记者叫来，向他们介绍为什么把你的初生期青春期成熟期拍成电影，请他们乖乖地把这一切付印出来，然后再请他们给你照相，而后刊登，而后诉诸舆论，见诸报端。我想到自己可能陷入可怕的语言混乱，为这辩护为那颂扬，孰是孰非？况且，精通广告的朋友们干脆给我泼冷水，说千万使不得。

“你疯了不成，费迪南？为什么不干脆上电视？你没瞧过自己吗？你的面孔？你从没听过自己的录音吗？你的声音？从没照过镜子吗？你的怪相？”

我不常照镜子，这不假。随着岁月的流逝，偶尔照一下镜子，总觉得自己越来越难看。家父早就有这个看法，他觉得我长得难看，曾劝我留大胡子。

“大胡子需要精心梳理，我的孩子！要不然你会像猪那样发臭！”家父早已下过结论。

至于我的声音，自己心里有数，喊“救火”倒挺管用，却不期望它有魅力。总之，在下的声音经不起听，在下的面孔经不起看。可硬没向加斯通认输，倒突然转向波朗，非正式代理人波朗[1]。

“波朗，咱们互相采访怎么样？干脆您采访我，搞个‘记者访问’，不是很好吗？也许适合加斯通的胃口？他要我‘冒风险’，接受记者采访不是有‘很大风险’吗？您把这次访谈刊登在《古风手册》[2]上，震动一下，没有坏处吧！”

波朗颇为赞成，也乐意采访，但是很忙，几个月的日程都排满了，然后还要去温泉疗养。加斯通手下的人找起来总很麻烦，他们要么去疗养，要么信件堆积如山，疗养

---

1 让·波朗（Jean Paulhan，1884—1968），法国作家，伽利玛出版社主要审稿人之一。

2 即《新法兰西文学评论》，戏称。

回来得用几个月的时间复信，口授信稿，接连不断。等信打完，装进信封，贴上邮票，他们已经精疲力尽。于是又去疗养。加斯通智囊团的全体人员一年到头忙个不停。你们这些阿斗尽提愚蠢的问题，无能之辈，无所事事，游手好闲的作者，出版社的寄生虫！你们想入非非，白日做梦，毫无实现感。所谓实现，按波朗的说法，就是游山玩水，玩水游山！故而我不得不另找搭档，找个不去疗养的在职记者。我找到一个，两个，三个，十个，他们都很能干，也乐于采访，不过提出一个条件：我不牵连他们，不提及他们的大名。他们只肯接受“匿名”采访鄙人。

我十分理解他们的谨慎，是啊，小心谨慎总没坏处吧。这么一来，竟找到五十个，选不胜选。候选人中有慷慨陈词的，有吵吵嚷嚷的，有争抢不休的，我很为难，又不想得罪人，最后选了个死对头。他对我充满怀疑和恶意，不愿到我家来采访，也不愿我上他家去拜访，坚持找个公共场所：人多的地方反倒不引人注目。

“好吧，”我对他说，“请选个您中意的地方吧！”

“工艺美术街心公园吧！”

我很喜欢工艺美术街心公园，在那儿留着久远的回忆。我对采访记者说：“称您 Y 教授吧。”我们在街心公园选了一条长凳坐下。Y 教授在我右边不停地环视四周。他很不安宁，左顾右盼，不时转身向后看。我们会晤的时间是十一点，上午十一点。我十点半就到了。提前很多时间赴约是多疑的人惯用的策略，以便有充裕的时间观察四周，最好前一天先来一下。人心不古，坏人太多了。不管他，既来之则安之。我等着他提问，预先说好的，他却一声不吭坐在我身边，一个问题也不提。早知如此，我该请个急性子的，有的是急性子的人，至少会吭几声哪。像这位Y仁兄，抱这等敌对情绪的沉默实在太恶劣了！

“Y教授先生，您太气人了！”我说，“咱们是来会晤的，您来采访我，没有人来绑架您呀！不用害怕嘛！您不提问，我怎么发议论？怎么‘冒风险’？替加斯通想想吧！”

这才见他动心。一听到加斯通大名，他不禁打哆嗦，终于停止左顾右盼，嗫嗫嚅嚅说道：

“加斯通，加斯通！”

准有成百上千像Y教授这样的人，无论戴眼镜的或不戴眼镜的，在为新法兰西杂志出版社（la N.R.F）“审阅”稿件，有的被解雇，有的被聘用。几乎所有的教授都有书稿积压在该社，企望得个小龚古尔文学奖什么的，明眼人一看就清楚嘛，可是他们现在不出版货真价实的小说了，尽出些枯燥无味的劣作：讽刺劣作，考古劣作，普鲁斯特式的劣作，没头没尾的劣作，仿诺贝尔奖的劣作，反反种族主义的劣作，低价或高价的劣作，七星丛书式的劣作，总之，劣作不一而足。Y 教授大概也有小小的劣作泡在这家出版社的地下室，等着加斯通下令提上来瞧一眼哩。加斯通有个雅号，叫角鲨。他大吞特吞别的出版者，吞下的浮游生物更是多得数不胜数。可加斯通，他撑不死，久盛不衰。只要瞧一眼他买的汽车就行了。特豪华“角鲨”式汽车，货真价实，散热器结结实实，特大外壳油光光亮闪闪。Y 教授带着他的劣作在“角鲨”嘴边冒险。教授们孜孜不倦干活儿，令人感动。他们互相抄袭，必然的嘛；他们勤跑课堂，职业所需嘛。课堂上能学到什么？先学会互摸，后学会互抄。所有龚古尔文学奖的追求者都互相抄袭，不可避免的嘛！他们的作品四平八稳，彼此雷同，无聊乏味，千篇一律，有如大画展每每一字排列的图画。金质画奖奖给乱涂乱画者，龚古尔奖奖给乱抄乱写者，谁幸运谁获奖。在我身旁的 Y 教授一心想着自己的劣作获奖，想得出了神。金质奖章，龚古尔文学奖，只要加斯通一个眼色，一句话，唾手可得！

“喂，Y，请您打起精神来，咱们都为加斯通干活嘛！”我说，“您要是不采访我，不放聪明点儿，您回去不好交差，看加斯通怎么疼您爱您，怎么把您的龚古尔奖吹掉！届时您的‘冰箱’，您的意大利之旅，您的‘克雷多’[1]吸尘器也就告吹了。Y太太会笑话她的丈夫，说她嫁给一个游手好闲之辈。”

我看到他脸色越来越红，一直红到耳根。他总算振作起来，不再左顾右盼了。

“好，那好，好，开始吧，先生！不过切莫谈政治！莫谈政治！”

“别害怕，不用担心！政治就是愤怒，而愤怒则是极大的罪孽，Y教授。请记住，怒者发泄也。谁胡说八道，全体复仇女神共讨之，共诛之。这叫正义。Y教授，我不会再上当，无论如何也不会的！”

“那么进行一场小小的哲学讨论，您看如何？您觉得合适吗？譬如说，讨论一下由‘自我’的变化而引起文明进步的变迁，怎么样？”

“嘿！Y教授先生，我很想遵命，但我郑重宣布反对，因为我没有理念，没有任何理念，我认为没有比理念更庸俗更普通更讨厌的了。图书馆充满理念，咖啡馆露天座席充满理念，所有的阳痿患者充满理念，哲学家们充满理念。理念是哲学家的行当儿。他们用理念煞有介事地蒙蔽青年，

---

1 “分期付款”一词的变形商标。

诱惑青年，您知道，青年人生吞活剥，不假思索接受一切，什么都接受。妙妙妙妙！为理念拉嫖客的人很容易得逞。青年人激情洋溢，潜心于理念，陶醉于理念，说得好听点儿，潜心于哲学，陶醉于哲学。先生，青年人喜欢上当受骗，有如小狗喜欢人们摆动木头片，以为是骨头，兴致勃勃地追逐，心急火燎，急得汪汪叫，结果虚度了光阴。

“同样，所有爱胡闹的都不停地玩弄青年，向青年投去许许多多空心木头片，充满哲理的木头片。青年人积极响应，兴高采烈，感激涕零。为理念拉嫖客的知道青年人需要什么，除理念外，层层加码，又是概括综合，又是脑力突变！先喝点儿波尔图酒，开开胃，尝尝符号逻辑！妙妙妙妙！越空洞，青年人越喜欢吞食，生吞活剥一切空心木头片，一切空心理念！玩玩具似的爱不释手。

“至于您，Y 教授，恕我直言，您的嘴脸显出一副聪明的样子，甚至一副辩证论者的样子。您必须经常跟青年往来，一是给青年洗脑，因为您靠青年养活。您之所以喜爱青年，喜爱急躁的青年、自负的青年、懒散的青年，是因为您钻过牛角尖，我敢打赌，比阿伯拉尔[1]更爱钻牛角尖，很时髦呀！”

---

1　阿伯拉尔（Abelar，1079—1142），中世纪哲学家和神学家。

我把他尽往坏处说，使他坐不住，以恶还恶，尽量惹怒他、消耗他。我打定主意。如果他不采访我，就跟他打一架，然后向加斯通报告，博得他哈哈一笑，让他解囊预支我一百万[1]。以债还债。

我果然猜得对，他振作起来了。

“那么，请问您是何许人？”

他向我提出第一个问题。

啊，终于对我正式采访了。

“我只不过是个小小的发明家，先生，小小的发明家，见笑，见笑！”

“好家伙！”

他只叹一声，找不到话茬，而我坚持道：

“小小的发明家，名副其实！小玩意儿的发明家，小小玩意儿的发明家！我不向人间发启示，不，先生！我不想用自己的思想充斥太空，不，先生！我不陶醉于言辞，不陶醉于波尔图酒，不陶醉于青年人的恭维！不为行星思考！我只不过是个小小的发明家，小玩意儿的发明家，反正很像活硬领上的扣子，缺了还不行，但绝没有什么理念。让贩子去兜售理念吧，让为理念拉嫖客的去兜售理念吧，

1 100万旧法郎，等于现在的1万法郎。

让搞乱思想的去兜售理念吧！”

他觉得我的话好笑，不屑一听。好吧，我要让他冷笑不起来。

“请您告诉我，您干些什么？您，Y 教授？难道您不哗众取宠？难道您没把青年引入歧途？没向青年发过‘启示’？那才怪呢！”

“您发明过东西？究竟发明过什么呢？”他问道。

“笔语情感化！书面语已经干涸，是我使它恢复了情感，非同小可呀！对您直说吧，玩意儿虽小，魔力却大着哩！不是随便什么人都能用‘书面语’使您感动的。恢复书面语中口头语的情感，不是轻而易举的，事小意义大。”

“您太自命不凡了，可笑至极！”

“诚然，诚然！那又怎么样？发明家都是怪物嘛，所有的发明家都是怪物，尤其是小发明家！口语情感贯穿笔语始终。请想一下，Y 教授先生，动一动脑筋吧！”

“好啊，不过戴利氏[1]，看看人家戴利氏不做广告，不拉评论，照样每年赚一亿。难道他们搞什么‘口语情感’吗？废话！他们也从未进过监狱哇！平平安安、舒舒服服过日

---

1 戴利是一对孪生兄妹的合著笔名，20 世纪前 30 年发表大量通俗小说，一时畅销不衰，拥有大量读者。据说戴利兄妹（1875—1949，1875—1947）共发表近百本通俗情感小说。

子。”

“是的，但戴利有个秘诀，您知道不知道？”

“不知道！”

“他们比别人更具有‘包装’，因此比别人更卖得出去。获龚古尔奖的跟他们相比小巫见大巫，算不了什么。什么东西能在世上立于不败之地？Y 教授先生？什么东西能获得绝对的宠爱？获得大众的喜爱？获得优秀分子的喜爱？请您说说看？无论在苏联或在哥伦布（俄亥俄州）或在加拿大温哥华或在摩洛哥的非斯或在墨西哥城，全靠‘包装’，Y 教授！‘包装’，铁幕‘包装’，非铁幕‘包装’，社会制度无关紧要，到处都有圣叙尔皮斯教堂，都有美文学、音乐、绘画和规范，都有‘包装’！戴利氏的‘包装’作家是世界各国语言翻译得最多的，远远胜过巴尔扎克、雨果、莫泊桑、阿纳托尔、贝玑等人，尽管这些作家也多少有点‘包装’，特别是罗曼·罗兰，具有浓厚的‘包装’，但与戴利兄妹相比显得平淡、乏味、说教，不可同日而语！”

“平淡无奇的作家，他们书的印数虽说不如戴利氏，但毕竟夺走了龚古尔奖，您呢？您了不起呀，却没捞到龚古尔奖，遭到惨败！其他重要的文学奖您怎么看？也是狗屎不如吗？”

“不！我重视的，非常重视！不过谈到‘包装’，获奖者全部落后了 80 年！他们的笔法有如 1862 年左右金质奖章大画展的作品，学院式的或近学院式的，甚至反学院式的，都无关紧要，主要的是包装，无政府主义包装，夸张派包装，圣画派包装，只要有包装就行！”

我想他明白了我的意思。但他听了很恼火，恨不得把我一口吞掉。我得稳住他，让他别急，别急！

“Y 教授，您太愚蠢，什么都得给您解释。给您讲个一清二楚吧！好好听着！今天的作家还没意识到电影的存在。电影已经使他们的写作方法变得可笑和无效，浮夸和徒劳！”

“何以见得？”

“因为他们的小说，他们所有的小说，越来越被电影工作者改用，简直成了电影剧本，或多或少带有商业性，被电影工作者糟蹋了。电影却具备小说所缺乏的一切：动态的风景，独特的风光，美丽的少女，脱得精光的女人，光溜溜没毛的、漂亮的小伙子，狮子，使人眼花缭乱的马戏，小客厅灯光变幻，精神状态，旅行狂欢，要多少有多少的凶杀。这一切好似身临其境！在可怜的作家笔下只能一笔带过，写多了则吃力不讨好，作家会被认为是粗俗不堪的，遭到买书顾客的憎恨。故而作家力所不及。不管他为自己涂上多少色彩，不管他多么发奋，他仍然是低档的赛马，最最低档的赛马。”

“照您这么说，小说家还有哪些读者？”

“大批精神衰弱者，大批萎靡不振的，不读报纸的，很少看电影的。”

“这些人看得了‘包装’小说吗？”

“当然！尤其在厕所里看！有一刻沉思的时间，得利用一下。”

“这批人有多少是读者？”

“喔，占正常人口的百分之七十至八十。”

“嗨，那么可观哪！”

他感到困惑不解。

“是的，Y 教授，请注意，这批人受到广播的麻醉、渗透，加上神经衰弱，成天昏昏沉沉。您去找他们谈谈‘情感的逼真之处’，看看他们会怎么接待您。‘情感的逼真之处’是抒情的，抒情和动情的程度不亚于‘厕所读者’。抒情的作者，我算一个吧，得罪了大批大批的‘厕所读者’，也得罪了优秀分子。出类拔萃的人士没有时间抒情，他们开车，吃饭，喝酒，放屁，打嗝，再开车……他们也在厕所看书，也懂得包装。但抒情小说就是不吃香，明摆着不吃香。抒情使作家神经发木，动脉不畅，引起众怒。咱们说风凉话，Y 教授，我一本正经对您说，写‘情感逼真’

的小说累死人，因为情感只有通过口语或通过对口语的回忆才能捕捉和实录。任何一点点真情实感的笔录都得付出极大的耐心。祝您健康长寿！

“电影却达不到这一点，算是报应吧！尽管种种夸张的广告，几十亿的海报，成千上万愈来愈大的特写镜头，眼睫毛长达一米，叹息，微笑，哭泣，能想到的手段全想到了，电影仍旧是不伦不类的，机械的，冷冰冰的，只有假的情感，截获不到情感波。电影是缺乏情感的怪物。大众也不易动感情，我同意您这个观点，Y 教授。大众只喜欢大轰大嗡的东西，动不动就歇斯底里发作，却不易动感情，很不容易动感情。倘若大众易动感情，Y 教授先生，早就没有战争了，将来也不会有屠杀了。

“Y 教授，请您注意观察，大众的‘激动’很快转成歇斯底里，野蛮行径，抢劫，暴行，可以说转瞬之间就会发生。人类爱好残忍哪！”

“如果我没理解错，您遇到了烦扰，有人仇视您的风格，或有人妒忌您的风格，对吗？”

“对的，Y 教授先生，他们伺机报复，但我反正豁出去了。”

“这么说，您是一种风格的创造者啰？您肯定吗？您坚持吗？”

“是的，Y 教授先生，小小的发明创造，很实用，就像活硬领上的扣子，就像自行车上的双齿轮。”

“您突然谦虚起来了！”

“不，不！不夸张也不缩小。首先，从来没有大的发明创造，开创者的发明总是不大的！Y 教授，请相信我的话，人的天性决定人极少具有发明创造能力，少得可怜！天性是很吝啬的！所有好鼓吹的人，自以为大有发明创造，其实全是该死的轻浮者，有精神失常的，也有精神正常的。不妨举大发明家拉瓦锡为例，他所谓的发明创造，只不过增加了一些早已为人所知的自然物的数量；至于巴斯德，只不过给他在显微镜下看到的小玩意儿取了些名字。却吹得神乎其神！”

“艺术世界却难以严格划出发明创造的界线，您的新发明就是一例，您的什么情感新发明，是您自己说的？”

“Y 教授先生，1862 年大画展中的展品及其获得金质奖章的作品，表明印象派的优点没有得到肯定，公众持怀疑的态度，他们根本没有想到后来自己会这么欢迎印象派。倘若拿破仑[1]不亲自过问，他们就湮没了。”

“您好像很在行，塞利纳先生！就技巧论技巧，请解

1 指拿破仑三世。

释一下，为什么印象派兴起得突然，消失得也突然呢？”

“因为他们看到了照片，发现了摄影。印象派面对摄影做出非常正确的反应，他们没有拼命与摄影竞争，没有这么傻。他们为自己寻找一块小天地，发明一种小技巧，都是摄影无法争夺的，不那么‘惊天动地’，不那么胡来，却有了不起的‘逼真之处’。这他们可以一百个放心，因为摄影不动情，也永远动不了情，是固定的，冷淡的，和电影相似，时间一长，变得滑稽可笑，跟电影一样，完全变得滑稽可笑，必然如此！”

“尽管如此，您喜欢的那位凡·高生前连一幅也卖不出去！”

他发火了，搬出凡·高来气我。

“您瞧瞧凡·高现在的身价，比金条还贵重。他当年卖不出去的画，如今拍卖场上价格愈喊愈高。”

“是呀，不过您的凡·高死得极其不光彩。”

“但画廊却琳琅满目，美不胜收，爱好者纷至沓来，购买凡·高的画比‘苏伊士’股份更起劲，没有比投资买凡·高的画更稳妥的了。说凡·高死于精神错乱，纯属广告性的！无论在什么地方，无论在什么领域，只有两类人物，即劳动者和人贩子，二者必居其一。发明家是最苦的‘苦力’，愿入地狱者。不肯因循守旧的作家，不肯若无其事剽窃的作家，不肯乔装打扮的作家，根本没有立足之地。世人仇视这样的作家，只盼着他早点死掉，以便把他的技巧抖擞个精光。与之相反，剽窃者、欺诈者却使世人放心。剽窃者从来没有像现在这样趾高气扬，倚仗权势。其实人们可以直截了当提醒剽窃者，他向来就是无赖。您明白吗？我自己深有体会，跟您数不清有多少人抄袭我的作品，把我的作品改头换面，篡改转卖，发了横财。发横财！恰恰是靠我发了横财的坏蛋恶意中伤我，逼着刽子手把我干掉。这是不言而喻的，自古以来一向如此！”

“照您这么说，世道很坏啰？”

“是的，世道残忍，反动，外加弄虚作假，自欺欺人，因此世情险恶。世人只喜欢假的东西！标签，政党，有如纬度，丝毫没有变化。世人时时处处需要仿制品，涂彩色的赝品。现在之所以捧凡·高，因为他的行市看涨，因为‘顽固派’的行情下跌。作家大不一样，他们的书不会因他们变老而‘贵重’起来。这么对您说吧，作家面对电影麻木不仁，他们模仿有闲者满不在乎的样子，就像沙龙常客们听到一位姑娘说疯话，不动声色地接上话茬，添枝加叶，修饰辞藻，高谈阔论。他们采用耶稣会会士的老方法，混杂阿纳托尔·法朗士、伏尔泰、雷内、布吉等人的手腕儿，加上他们自己的私货，诸如鸡奸、侦探诀窍，以便披上足够的‘纪德色彩’‘弗洛伊德色彩’‘象征色彩’，等等。总之，万变不离‘包装’，不是吗？遵循惯例的革命当然是‘遵命’的，连阴囊都是‘遵命’的，‘遵命’于三、四、五、六个政党，绝对惊人的政党！但始终裹着‘包装’，天塌下来都不管，始终如一。始终如一的‘格式’！

“任何一个中学生六个月内都能拼凑出一部能得龚古尔奖的作品。有个好的政治背景，有个好的出版商，有两三个奶奶姥姥在欧洲各处活动，这就有把握获奖了！”

“您来回重复同样的事情，塞利纳先生！”

“重复得不够，很不够，这证明您什么也没听懂。您得好好下功夫记住，别装出内行的样子！您不灵敏，根本不懂我说的主要精神，不得要领。咱们再重复一遍吧！情感只见于口语，只难得见于口语，只在口语中才捕捉得到。因此，把情感通过书面形式再现出来必须付出极大的努力，极大的耐力，像您这样的糊涂蛋连猜想都猜想不到。清楚了，嗯？明白了，嗯？我以后再给您解释诀窍。现在至少记住，情感扭扭捏捏，稍纵即逝，就像汽油，转眼就挥发了，难以估量。还没来得及说声：对不起，是的，是的，对不起！情感就消逝了，婊子似的叫你抓不住！不容易呀！得经过长年累月的努力，顽强不懈的、严肃刻苦的、修道般的努力，才抓得住一星半点激动人心的情感，还得要有运气。所以，

Y 教授先生，情感是颇为珍贵的哟！

“跟您重复一遍，情感与心灵同样珍贵，尽管完全不是一码事。科丽娜[1]致力于灵性！心灵！灵性好似月经，有周期性，属于屁股范畴，混账至极！情感来自人的头脑，不是出于睾丸和卵巢。潜心于情感是对创造者的考验，大大缩短创造者寿命的考验。难怪龚古尔奖获得者弄错方向，难怪大小包装主义者弄错方向，难怪靠无政府主义过日子的人弄错方向，难怪他们提防表现情感，有如提防拉屎在床上。当‘动情方法’成为公共财产，不得了，文艺团体趋之若鹜，大捞一把，等他们赚足了钱，‘动情方法’也就完蛋了。致力于‘包装’的劳动者人人给你描绘‘动情肖像’，一百金路易一张！要他们反思，那你等上一百年吧。

“而我，一切都考虑过了。我被贴上种种标签，其中有法兰西语言的‘扼杀者’‘强奸者’，不如鸡奸者和流氓。只不过自 1932 年一直未受到普通法的追究罢了。不过，所有的书商都会告诉你，他们宁愿关店，也不出售更不库存一册《漫游》[2]。1932 年以来塞利纳变本加厉，罪上加罪，既是强奸者、叛徒，又是种族灭绝实施者，不值一提的人

1　斯塔尔夫人爱情小说《科丽娜》的女主人公，也可能指爱情小说《楼梯》中的女主人公。

2　指塞利纳的小说《茫茫黑夜漫游》。

物。不过还可以剥夺，甚至剥个精光。此人有一丝一毫可抱怨的吗？这个无耻的家伙不存在，从没存在过。人家公然在巴黎残老军人院广场暗杀德诺埃尔[1]，因为他出版的书太多。从此我也跟着他完蛋了。原则上讲，人家继承我是正常的，但肆意剽窃也正常吗？

“自命不凡的凶手，您要多少有多少，我给您写下来都可以，很有意思，但充好汉的小偷却为数不多。小偷难为情，凶手则神气十足；小偷神气不起来呀。有多少文章明讲凶手们因我漏网而心烦意乱。[2]您知道《圣赫勒拿岛回忆录》表述的拿破仑思考风格吧。可以说拿破仑阴魂不散，凶手们对凶杀未遂耿耿于怀，自愧弗如贝纳多特的凶手和唐让公爵的凶手。[3]但小偷们多么谨言慎行，很少见到泰纳迪埃[4]式的人物自吹自擂的。若有哪个家伙寄语，‘我抄袭您的作品，东拼西凑拿去卖了一共多少钱’，那才妙哩。”

“至于您，不管怎样，至少我觉得您虚荣得不亚于孔雀！”

---

1 塞利纳的出版商。

2 指作家瓦扬的文章。

3 贝纳多特伯爵于1948年作为联合国正式斡旋者，调停中东问题，不幸被暗杀。唐让公爵则是拿破仑暗中派人杀害的。夏多布里昂在《墓外回忆录》中作了详细叙述。

4 雨果《悲惨世界》中一恶人典型。

“得了，您尽管放肆好啦，Y 教授！我把话跟您说死吧：世人的舆论无关紧要！高谈阔论！吹肥皂泡！婊子放屁！恶心哟！只有事情本身要紧。目标，您听懂我的话吗？目标！目标实现没有？目标没有实现吗？见鬼！去他的！得了吧！学会，社交活动也！”

“哎哟！天哪！您倒顶懂辩证法！”

“别天哪地呀嚷嚷！岂敢，岂敢！谈不上辩证法！乘地铁时偶有所感。地铁里哪有辩证法？”

“您取笑我吗？”

“我没取笑您哪，Y 教授！但事关采访嘛，既然要向您开诚布公，我等您提其他问题呢！”

“您要提什么问题？”

“谈谈时下的事情吧，咱俩都感兴趣的。”

“那就给我讲讲伽利玛先生吧，他确是像人家说的那样吝啬吗？”

我觉得问题有失检点。

“您想到这次访谈了吧？他不会照实价付钱的，请相信此话。富人从不照价付钱！跟他们打交道，二者必居其一。要么他们让人榨光钱财，要么他们把您偷个精光。二者必居其一。他们是魔鬼，天生的魔鬼！您要是欠他们二十五生丁，他们非把您处以四马分尸刑不可，但末流小婊子轻而易举让他们抖搂几百万。他们乐此不疲呗！注意到了吧，他们心血来潮时乐意让人偷，乐意让人放血。”

“可悲哪！”

“心血来潮呗，魔鬼法则呗，您没听说过？”

“没有。”

“说点别的吧！言归正传：风格！Y教授，咱们谈谈风格吧！我要您明白，我试图让您明白，一种新风格的发明家只是一种技巧的发明人，一种小技巧的发明人！小技巧经受考验吗？行之有效吗？这就问到点子上了，是关键之所在，明白了吗！我的小玩意儿，叫作情感性！让风格注入情感，值得吗？可行吗？我说，值得，行的！上百个作家抄袭过，现今还在照样画葫芦，偷梁换柱，剽窃抄袭，改头换面！人数之多，范围之广，久而久之，我的小玩意儿不久将成为'包装'！是的，教授先生！您等着瞧吧，您将来瞧吧！好像我也在搞'包装'了！用不了三四十年，法兰西学院一插手，狼吞虎咽收入词典一次，两次，三四次，不光吸收'情感性的'，不光吸收'情感化了的'，sic transit！[1]不管大大小小的发明，一律遭此命运！剽窃，模仿，骗取，仿效，强占，照此50年，然后呜呼，一切归

1 拉丁文，意为“如此这般”。

于公共产权。闹剧收场。发明者呢，早已归天啦！甚至有人会问是否有过发明家。不禁纳闷，不禁怀疑。是不是有些相片上那个脸鼓鼓的金发胖子？抑或是不是人家说的那个瘸子小瘦个儿？有些人自作聪明说什么相片上那脸鼓鼓的金发胖子是鞭打女人的，拷打小猫的，还说那瘸子小瘦个儿爱吃专门在某个地方蘸湿过的面包头，说他是信仰摩门教的。反之，金发胖子（吃不准是他）每个星期天都去拯救瓢虫和自溺的蜻蜓，据说这是他唯一的消遣。据说！这有屁个关系？请问高见？只有小发明才是要紧的呀！同样，运动亦然！喏，爬游乎？蛙泳乎？打破纪录就行！爬泳破纪录了，爬泳小发明家见鬼去吧！”

“行了，行了！听了您高谈，觉得不大有意思！”

“您觉得，嘿，您觉得什么呀，什么都没意思，Y 教授先生！记住！记下来！”

“记什么？”

“听着。假如没有战争、酒精、血压和癌症，咱们这些欧洲无神论者会腻歪死的。”

“别处呢？”

“非洲，有疟疾；美洲，有歇斯底里；亚洲，人人挨饿；俄国，个个着魔。腻烦控制不住焦急不安的人。”

“见鬼，见鬼！”

“您是来闹着玩的吧！我千方百计引起您的兴趣，不惜充当小丑！您像来采访我的吗？不像吧！去您的，去见鬼吧！”

“您认为阿里斯托芬怎么样？”

“阿里斯托芬，此人了不起！”

“请问高见，他发明了什么？”

“雷电！乌云！修辞！”

“您允许我在访谈中干脆把您描绘成怪人吗？为小玩意儿而着魔？”

“嗨，听便！如果您‘广告’做得既得体又大量，不妨生吞活剥我的‘小玩意儿’。好吧，我向您大量提供‘我的小玩意儿’，让您吃个够，吃得撑死！我向您提供我的活动硬领扣子，我的捕鼠器，我的自行车三面齿轮，所有这一切，如果按‘美国方式’推销，那就太棒了。”

“倒想见识见识！”

“不必再谈了。所有的谎言都给吞食了，塞饱了，反馈了。一旦谎言脱口而出，无耻地，大量地，毫不遮掩！伏尔泰说的！”

“啊，伏尔泰？”

“是啊，伏尔泰！我们正处于精神旺盛期，原子弹般的大胆精神！咱们明白了吧！”

“怎么讲？”

“托斯卡尼尼[1]抹杀贝多芬，更有甚者，他成了贝多芬。他把自己的天才借给贝多芬。许多蹩脚演员重新创作莫里哀，他们照葫芦画瓢，东施效颦！皮斯蒂娜小姐扮演贞德，不，她就是贞德，比贞德还贞德，贞德不复存在，角色依旧长存。是贞德这个角色等待皮斯蒂娜上演，仅此而已。”

“果真如此？”

“千真万确！Y教授，请记住我对您说的话。我深思熟虑过，生米已成熟饭了。”

“得了，算了！”

“什么得了算了。徒有虚名的胜利！广告追逐篡改烦扰一切不假的东西，真实感已丧失。本人坚持鄙见，我坚持！观察一下，看看您的周围。您总有些交往吧？有能耐的人，我说有能耐的，就是说腰缠万贯的，买得起女人、油画、小摆设的。嗨，您将瞧见他们无往不胜，这些能人，无往不胜地占有赝品，就像猪拱黑松露。

“同样，‘无产者’，您瞧他，简直是赝品的复制！他为复制赝品而付出代价，成为‘经过修饰’的包装。喏，这么说吧，Y教授，咱们不谈政治，以免有朝一日您陷入

1　托斯卡尼尼（Arturo Toscanini，1867—1957），意大利指挥家，以自己独特的风格指挥演奏贝多芬交响乐。

被清洗的厄运，不是吗？‘清洗’，首要的含义是：被抢。首先，抢您什么？您的清洗者抢什么？首先抢什么？第一次洗劫您温馨的家时抢什么？抢您所有的私货，没错，抢您藏着不肯献丑的一切，而您却十分珍视，人家抢去付之一炬。人家烧掉我七部手稿，我的七部手稿。这种民众的本能从我家风卷残云之后，也会席卷您家。我知道我说什么。抢劫者喜好猪吃食似的狼藉！”

“您老讲啰唆话！”

“好吧，不啰唆啦。但您记录几行字了？可以告诉我吗？”

他数行，不多哇！怎么重数也数不多。一次访谈总得有上百页吧！至少，至少。

“振作起来，Y教授，请振奋精神。”

要是不触动他一下，他快睡着了，肯定的！

“Y教授，您糊涂啦？”

“没，没！”

“糊涂了，真是孬种！”

“您骂我。”

“当然，就骂，您该骂！您不愿面对现实，或许您假装忠厚，是吗？您是地道的同谋？沆瀣一气？是不是？要不就是玩世不恭？嗯？老奸巨猾！”

“有话尽管讲嘛。”

“记录几行了？”

他数行。

“还是不多吧，说呀，说呀！刚才对您讲了凡·高。设想一下，他回到人间，再现于世，带着自己的画毛遂自荐，他将完全得到从前那样的对待，让人像臭鱼似的扔掉。不会有收藏家爱好他的画，在画廊根本卖不起价。早有人冒天下之大不韪，自称是凡·高，取他而代之。要复活得赶早。还有莫扎特，对啦，Y教授，咱们不谈绘画，谈音乐吧！您到底记了几页？”

他数行。

“您觉得自己很有趣吗？”他问我。

“不，不见得。”

“您觉得自己风雅吧？”

“嗨，哪能呢！”

“那您称我教授肯定觉得很好玩，是不是？”

“不，不，不！人家告诉我的，波朗对我说的。”

“愚蠢！这不，绝对虚假，真会开玩笑。我是雷赛达上校，根本不是Y教授。滑天下之大稽！”

“是吗？雷赛达上校？为什么？”

“我隐姓埋名。”

“隐姓埋名？”

“是的，我掩盖真实身份，迫不得已。嘘！嘘！君不见人家在瞧咱们吗？周围的人都在窥伺，偷听，嘘！”

不，我看不出！真的看不出来，只见那边两个可怜虫，躲得远远的，相隔四条长凳。怪僻的家伙，犯病啦，管他呢！活该，他妈的！我得到这么个采访者，真要命，交好运啦！他也可能冒充小丑犯傻。不过，我想，这匹赛马不用，另找一匹，说不定一蟹不如一蟹。

“我不高声说话，上校！我跟您说悄悄话，但请注意听，我跟您推心置腹，倾诉非常重要的真情实况！”

“好吧，我听着呢。”

“听我说，上校，我向您提示当今世界基本现实，即这个世界得了妄想狂症！是的，妄想狂。得了狂傲症。是的，上校，是的。您是军队出身，上校，现在您在全军人员中再也找不出‘二等兵’了吧。只有将军级的了。再也没有铁路道口看守员，只有总工程师。扳道总工程师，行李搬运总工程师。”

“是的，是的，确实如此！”

“谈谈戏剧吧，以戏剧为例。一个乡下姑娘，凭着天生的奶油脸蛋儿，下火车伊始，在位于爱丽舍美术通道的布里尚兹斯戏剧学校上了三堂课，便自信心十足：歌曲，舞蹈，讽刺剧，全部保留剧目，都不在话下，不容争辩，已成定局。你有几点意见要说，你将受到接待。但这些小姐跟你的世界绝不相干，她们已属妄想狂世界了。你使她们恼火而已。你，你的想法，见鬼去吧！

“妄想狂症席卷城乡，膨胀的‘自我’吞噬一切，一往无前，一网打尽。不仅美术学院，音乐戏剧学院，实验室，连乡镇学校，学生，教员，全部卷入。全盘遭殃！领衔教员，学生，女佣，看门人，统统一致行动，加入妄想狂工会。师生们在学校尽干些什么呢？他们把时间统统花在制定权益：退休权，休闲权，被誉天才权，‘获金质奖章’权，‘获多项金质奖章’权，获所有评审团发的全部大奖权。”

“没有一人要求到监房谋个小职位吧？”

“没有，没有，上校，绝不会有的！”

“您蹲过监房吗？”

“喔，蹲过，我深知底细。”

“那您的疯狂属哪类？嫉妒？”

“是的，没错，上校。当我发现伟大的作家个个家境殷实，上帝知道，经过怎样的劫难终于安然无恙，嗯？没损一根毫毛，狡猾狡猾地优哉游哉，令我惊讶到呆若木鸡。我好不自在，妒火中烧，雷赛达，我承认，我向您坦白。现在谈正经的吧，上校，记录多少页了？”

他重数了一遍，共50页。数得不对！

“得了，继续吧！我对您说了，这些精明灵活的作家，叫我嫉妒如焚，七魂出窍。他们每个月让人拍摄一两部电影。至于采访，上校，层出不穷哪！对不起，上校，有彩色的，有黑白的，有脱衣的，有扒光的。这里那里到处是麦克风。在他们家里采访，在他们家外采访；在蒂蒂娜那儿，在度假时，在神学院，在游泳池，在某个山谷深处，在青楼妓院，有帕普也罢，没帕普也罢，赞成帕普也罢，反对帕普也罢，反正到处受采访。限时采访，就像环法国自行车赛的个别计时径赛。关键在于让他们亲爱的‘自我’尽兴，再次恳求采访，再次任其尽兴，享乐，出风头。听凭滔滔不绝，断断续续，窃窃私语；对着上帝讲，背着上帝说；赌气不吭声，让全世界喘不上气。于是人们请愿要求汇集他们的言论。

“您呢，上校，您可以讲讲采访嘛，您，反正算不上采访，上校。相反，您破坏访谈。对啦，明摆着，您破坏，上校。下跪，上校，下跪。别冒失，脑子别开小差！嗯，到什么地方找了您这么个宝贝？又是加斯通出的坏主意！您狗屁不懂，乞求充当个角色。您应当喜欢我说的话，可您一点也不喜欢！挖苦嘲笑，缺乏教养，谁故意指定您来？嗯？我纳闷儿，纳闷儿！您当然不肯告诉我。可我，说得出是谁，说得出，上校！我大声说出来，破坏继续在进行之中。人家《费加罗报》不要我，《人道报》也不要我，他妈的，《真理报》更不要我。莱昂[1]在世就好了，他定会大声疾呼：‘我跟您讲过了，讲过了嘛，什么协议呀协议。明摆着串通好的，阴谋诡计搞得热火朝天呢！’”

“您挑衅我，哼！”

“不，不！我摇旗呐喊，说出真相。其他人，其他受人爱戴的作家们，受人哀求，受人尊敬。他们说的每句话，甚至他们的沉默，都受人尊敬。他们的采访者欣喜若狂。”

“他们对他们说什么？”

“他们对他们说他们出色得不得了。”

“跟你‘彼此彼此’？有什么差别？”

“我嘛，我发明一点小玩意儿。他们？什么也没发明。”

“那我可要叫您从狂妄自大中清醒过来。您知道别人怎么想吗？大家怎么想吗？都说您只是个老家伙，身心硬化，谈话啰唆，尖酸刻薄，自命不凡，朽木不可雕矣！”

“不必为难，上校，千万不要不好意思。”

“……都说您还会进监狱。别人说得有鼻子有眼的。”

“嘿，您要有能耐让我坐牢，上校，我就不把牢底坐

1 有可能指曾支持作者获龚古尔文学奖的莱昂·都德，但此处已小说化了。

穿不出来。”

“……都说您还会干蠢事的。”

“不，不，上校！死了心吧。我只会搞点儿小发明创造罢了。”

“喂，喂，说到怪癖，原来您就是怪癖，想荣誉想得发疯。”

“咳，要是您认识库西阿尔[1]就好了。”

“您不是伟大的艺术家！”

“不是，显然的，要是真的话，人家早知道了。”

“您不是伟大的作家！”

“也不是，当然不是。赶时髦的报刊会这么说。”

“喂，加斯通·伽利玛先生真要有点胆量才敢发表您的作品。”

“嗨，没错！加斯通先生的胆量高尚不高尚？难以置信吗？”

“他们在《新法兰西文学评论》上说您什么来着？”

“他们感到无聊，疲倦，又不知道为什么，就像古代帆桨战船上的军官，不知为何百无聊赖，疲惫不堪。他们见的苦役犯太多，自己什么也不干，闷得慌，神经抑郁，

1 小说《催命》中的一个假想人物。

消沉得活像白痴。”

“《新法兰西文学评论》的人也是这样吗？”

“也是这副德行，懒惰，疲乏，又不知道为什么。”

“《新法兰西文学评论》有些艺术家非常伟大，是吗？”

“喔哟，好多哇！”

“那些大艺术家，他们做些什么？”

“他们制作圆形物，精心加工，一试再试是否坐起来合适。”

“他们的圆形物派何用场？”

“席位嘛，各种学会的席位，河滨大道学会席位，露天座学会席位，切口学会席位，旅游学会席位，两面不得罪学会席位，三点式女泳衣学会席位，警察学会席位，送红包学会席位，公墓学会席位，不一而足。”

“您认为这一切都是‘包装’吗？连圆形席位也是‘包装’？”

“怎么！怎么不是呢？怎么不是呢？大众是蠢货，是弱智。但触及本能，一星半点都骗不了！四分之一微米误差都不行，既要合适又要包装。差之微米失之万里。多一点点少一点点都不行。否则大众揪住你不放，把你撕得粉碎！或包装或死亡。大众就这副德行。绝代佳人或千秋死神，这就是大众的选择。

“他们是合适的，得宠的，获金奖的，受颂扬的，他们还活在人世，以其他姓名转世再生：罗萨·彭讷，谢比利埃，让-保尔·洛朗，格雷梵，戴利，亚历山大桥，蒙特，朗松[1]，被授予硕大的荣誉团红星勋章。但也别小看那些所谓的叛逆者，介入者，空前的打砸者，雷电新潮派，茴香酒，上校，茴香酒，新格雷梵蜡像馆。甚至不需要什么特色，不起眼的、传统的都不需要，一点儿蝴蝶花和几朵野生草就可扎成花束，易如反掌。大众乐此不疲。

“‘啊，啊！’大众欢呼，‘多么了不起！他们给我们打开了未来，不得了。奥林匹斯式的汉子们，血红的包装。他们的缪斯正在分娩，肯定的，正在创作。这才是艺术，比艺术更艺术，比词语更词语，比自我更自我更更自我！这些新潮派拉屎似的发表思想，多么了不起的启示！睁开眼睛瞧瞧吧！他们使我们解释，使我们升华，使我们产生新的灵魂。’”

“您觉得很有趣吗？”

“不，不！但能凑行数呀，数一数！”

---

1　这些都是19世纪末和20世纪初的二三流名人，其中罗萨·彭讷和让-保尔·洛朗是学院派画家，谢比利埃和戴利是小说家，格雷梵是漫画家，朗松是文学史家，蒙特是通俗歌词作者，亚历山大桥即塞纳河上著名的亚历山大三世大铁桥，以新风格著称，此处显然指大桥建筑师。

他数行。

“啊，不错嘛，有进展。

“继续吧！举新天才几个妙句：他驱逐他的祖母，……他切割他的祖父。

“这不够刺激。

他不再跟老婆睡觉……他要娶他的小弟弟。”

“还有呢？还有呢？”

“至于他祖父和他祖母之间发生了什么就免了吧！”

“为什么？为什么？”

“我们可能处于极端危险的境地，处于自我变体过程，处于远远超过天才的时代，处于反崇高极致的中心。”

“是吗？是吗？”

“是的，数一数页数。”

他数了数，64 页。

“您弄错了，上校，刚才就大大超过 64 页了！”

“没有，没有呀！”

“超过了，超过了。我接着讲闹得热火朝天的‘包装’。伟大的时刻已来临！上流社会人士在两次假期之间，在四个周末之间，在三次量血压之间，在与公证人两次约会之间，在与他们的银行家三次会晤和一次速访家用艺术品展览之间，觉得一种莫名其妙的不适，一种崭新的不适，某种焦虑不安。

“‘您瞧见吗？瞧见了吧？亲爱的，我亲爱的！可神啦！怎么回事儿？您瞧出什么名堂了吗？瞧见这幅《老奶奶》了吗？她值一个七百万，亲爱的，她额上有四个阴户，不是五个，不是五个。我昨天说五个，是四个阴户。连波尔蒂蒂奥也望尘莫及。谁是波尔蒂蒂奥？火地人波尔蒂蒂奥吗？光用铀绘画的？正是。那好，再加六百万，他将对准“老奶奶”的嘴点上铀，画龙点嘴，行吗？行啊！而且是紫唇。他发过誓的，不是吗？不是吗？没错，没错！’”

“您现在攻击画家啦？不仅仅跟作家过不去吗？真是坏脾气，说穿了，您不得志，失意者心态！音乐呢？对音乐有何高见？”

“古典音乐吗？木马似的毫无价值。现代音乐？充满仇恨，黄种人和黑种人一起仇恨白种人的音乐。他们打碎了白种人音乐，打得支离破碎，他们做得成功，将打破白种人的一切。那将是老天的恩赐！”

“注意，别这么大声说话，人家偷听咱们哪！”

“您着魔了吧，上校？”

“说说别的事！”

“既然如此，您要我说什么？谈谈滚珠轴承？活领扣？”

“继续谈吧！”

“现在您记了多少页？”

“72 页。谈谈法兰西学院，我想听听高见。”

“学院？他们什么创造也没有，高谈阔论应当如何如何，确实废话连篇。那里边有个可笑之辈，他就是莫里亚克。我眼里的莫里亚克像螳螂，或确切讲，许多螳螂是他的化身。螳螂们举行化装舞会。简直是噩梦。全部是莫里亚克复制品，制作得极好，成为莫里亚克系列。这一系列螳螂对诺贝尔奖志在必得。我住勒皮克街时见过莫里亚克，是费南岱兹把他领来的。莫氏形同螳螂，确实不假，他完全没有前额，举世无双，一举一动活像昆虫。‘这是弗朗索瓦·莫里亚克吗？’我简直不敢相信。‘是呀，他没有额头，是吗？’‘动了手术的？’‘不，不！’费南岱兹熟悉他。‘那么是天生的？小头动物？’没错。他缺少前额两侧。熟悉他的费南岱兹问我对他的声音有什么说法。‘是不是得癌症了？’他声音沙哑，想了想，‘这有助于他入选法兰西学院[1]。他只有两三个月可活了！’妙哉妙哉！”

“您呀，您挖苦法兰西学院倒顶有创造性的哩。”

“岂敢，岂敢。自黎塞留以降，想一想，一向鱼目混珠，

1　确实，1933 年人们以为莫里亚克得了癌症，有人提出必须让他在去世前入选法兰西学院。实际上他一直活到 1970 年。

学院鱼龙混杂！”

“您也精力衰竭了，实话对您说吧，有的学院院士不像您这么痴呆！”

“您也许没错，您这个不是玩意儿的上校！您到底记了多少页？数一数。”

“我重数了一下，80页。法兰西学院得罪您了吗？说说看！”

“根本没有。”

“您心里很想被得罪吧？”

“嘿！不对，不对！他们把老院士们打扮得像老猢狲，滑稽可笑，让他们当众出丑。龚古尔奖评奖委员们更心狠手辣，连一次奖都没发给他们。”

“我把这些也记入访谈？您以为能引起兴趣吗？”

“也许不能吧，管他呢！加斯通对我说：‘赶快，让人议论您！’我尽力而为吧！”

“咱们重议一下您的‘情感化’，好吗？就是您所称的‘情感化风格’？”

“您认为能引起兴趣吗？”

“喔，不，我不认为，真的不认为会有人感兴趣。我只能对您说一件事情，只能说一下别人对您所谓‘情感化风格’的想法，各阶层、民间团体、艺术界、军事界对您的反映。”

“说吧，快说，您在帮我呢，直截了当！”

“包括有文化修养的人和其他各类的人！”

“我听着呢，快说吧！”

“要我讲有关您肮脏的小说？有关您自己？有关您的方式方法？”

“快讲！”

“还是有关您无人问津的歌曲？有关您从不‘照章办事’的行为方式？”

“还不快讲？等什么？”

“法国美文学最恶劣的骗子！听见了吧！”

“嗨，我以为有更厉害的呢，我以为您会说出更厉害的呢！上校！人家早已对我说了，有10次，有100次了。言词要激烈得多得多，硫酸毁容般强烈，您说的，太平淡了。”

“真的吗？”

“我什么都听到过。”

“赞扬性的？说一说赞扬的吧。人家从未赞扬过您？您没做过值得赞扬的事情？”

“做过，上校，当然做过，雷赛达上校，您开始明白我的意思了，开始领会语调了。好极了。听话听声嘛！我曾多次令人钦佩，最后一次在直布罗陀海峡。”

“等一等，我听着呢，稍等片刻。喏，我的笔记本，我的铅笔。”

“多少页了？”

“90页。直布罗陀海峡？直布罗陀海峡怎么啦？”

“是的，直布罗陀海峡，上校，在直布罗陀海峡上，我们撞沉了一艘英国小船，叫金斯敦·科尼利安号，我们以22节船速从船中央撞过去，使它连船带物沉没。想一想，我们是11万吨级大船。但见那船没来得及哼一声就沉了。我们是大块头，他们是小个儿，没来得及吭声就没了。”

“怎么，怎么啦！”

“没怎么啦！我充当谢拉号海上医生。谢拉号，上校，富丽堂皇，全副武装，从船首到船尾。我们把这不要脸的来个中间破膛，那船上的手榴弹一起爆炸，撕开我们的船16米，撕破船壳16米。但，对方大窟窿进水，对不起，连船带物，全盘覆没。可不是每天路过特拉法尔加海岬的哟。他们告到海军法庭也不管用，太晚了，太晚了。我们开足22节船速溜之大吉，上校！”

“别那么大声，别大声嚷嚷！”他嘘了一声问道，“您有证人吗？”

“怎么要证人？您要证人干吗？这么说吧，夜里11点发生的事儿，炮台灯火通明，至少有100台探照灯对准我们，整个炮台齐放光芒，比埃皮内的灯光还亮，我说的是埃皮内摄影厅！”

“高明！”

“一览无余！”

“您吹牛，是吗？”

他停止记录。

“不，不吹牛。是这样的嘛！唯其如此，6 年以后我坐了 2 年班房，在丹麦哥本哈根韦斯特尔凡格斯泰尔监狱 K 楼，即‘丹麦死刑犯楼’。”

“不是移花接木吧？”

“不是，当然不是！他们还在波罗的海沿岸把我关了 5 年，关在非常特别的小囚室，零下 22 至 25 度！还得我自己花钱，哼，叫我付钱！”

“为什么？为什么？”

“他们也不知道，为了原则吧！”

“丹麦人就这副德行？”

“可不，但他们对旅游者只字不提！”

“旅游者瞧不出来吗？”

“瞧不出来！只要把他们弄得眼花缭乱就行！没比旅游者更糊涂的，他们出发时满不在乎，踌躇满志，回来后更满不在乎，更踌躇满志。让旅行社弄得昏头昏脑，全是糊涂虫。”

“丹麦人对他们讲些什么？”

“讲安徒生，哈姆雷特，克尔凯郭尔。”

“您认为他们还有什么好讲的吗？”

“雅各布–雅各布森·坦普[1]，丹麦的米拉波，曾判死刑，后坐牢20年。”

“他们从不谈起坦普吗？”

“不，从不提起，连条小街小巷都不用他的名字命名。”

“您好像在什么地方说过他们在丹麦监狱很会杀人，是吗？”

“当然！”

“有证据吗？”

“什么证据不证据，他们与众不同完全不在这方面，不，不，不，世界各地的监狱里都这样正常地、照例地杀人。”

此话引得他哈哈大笑。

“请问杀人一般在几点？”

“夜里11点，子夜，上校。”

“您知情？”

“当然，当然，非常确切！那边叫12—13号单人牢房，

1 雅各布–雅各布森·坦普（1790—1869），丹麦自由派哲学家，因冒犯宗教教义而坐牢20年。

关得密密匝匝，记住，他们可不让旅游者看哩！”

“说点别的事情吧！人家偷听咱们呢！谈谈您的技巧吧！”

他理了理笔记，有一叠纸了。我看出，他厌烦了。

“您的技巧？是的，您的发明！您很在乎您的发明创造，嗯？您到处是‘我’，这就是您的发明，好鬼的诀窍，无穷的‘我’！人家却比较谦虚一点。”

“嗨，上校，嗨，上校！我是谦虚的化身。我的‘我’一点不放肆。我小心翼翼介绍‘我’，小心谨慎！我完完全全地、字斟句酌地用臭屎般的秽词恶语把我的‘我’裹起来。”

“说得好听。您顶得意的。这样的‘我’有什么用？这种恶臭的‘我’有什么用？”

“类型规律！无‘我’则无抒情，上校，请记下来，上校！抒情规律！”

“绝妙的规律！”

“可以这么讲。‘我’极其昂贵，最最昂贵的工具，非常有趣。‘我’，可不饶其人。尤其是，滑稽抒情。”

“为什么？”

“记下来，记录下来，完整记下，然后重读：

真要做到滑稽有趣，必须对死超脱些许。

所以必须让人把你松绑。”

“有意思，有意思。”

“一切都已考虑成熟。”

“那么其他人呢，其他人呢？”

“他们弄虚作假。他们装出超脱的样子，其实不超脱，一点不超脱。猪似的追求享乐或披上宗教外衣，唯利是图的伪君子。”

“臭尿般的‘我’和超脱？这就是公式？我没理解错吧？”

“这个公式不是无所为而为的，上校，喔，不！不是无偿的。别搞错了。看上去无所为而为，那仅仅是外表。代价可大啦，要付出代价的！”

“好吧，您知道结果如何吗？”

“请讲，上校，请讲。”

“您珍爱的‘自以为老子天下第一’，那叫人难以忍受的无穷动‘自我’，令您的读者厌烦透了！”

“这才叫开门见山哩！但亲爱的雷赛达上校，您叫我脸红，是的，我感到脸红：我为您脸红。像您这样博学的人居然一窍不通，所有的抒情诗人，快乐的或忧伤的，他们的悲剧在于他们到处标榜‘自我’，恰恰如此。不管什么场合一贯如此，他们的‘自我’可专制啦，并不合他们的意呀。我给您打包票，怎么逃避得了‘自我’呢？这叫类型规律，即抒情类规律。”

“为什么？为什么？”

他记录下来，真的，他写下来了。

“噢，上校，我举个例子，拿您来说吧，您总不见得戴着礼帽和穿着礼服下海洗澡吧？不会吧？嗯？”

“两者什么关系？

“抒情和大海，什么关系？”

“要是从头开讲，上校，我得花上几个小时！”

“下流吗？”

“既是也不是。海边不应乱搞。”

“卖关子呢！”

“确切跟您讲吧。假如您是沙龙艺术家，为去沙龙，为见老板，为参观单人牢房，为去电影院，为去大使馆，您怎样穿戴？穿礼服，当然，穿漂亮的制服。当然，要‘包装’，必须的嘛！但倘若您被贴上标签：抒情诗人？天生的抒情诗人？确确实实的抒情诗人，那就不行了，就不再有服装适合您的本性了。火气大了，您动辄恼火，不是别人容易冲动，喔啦，是您一触即跳，一碰就发火，脱光亮相，‘赤条条一丝不挂’。您的‘自我’首当其冲，豁出去了，不会弄虚作假了。”

“我记下了。”

“是的，上校，有失检点，露阴癖！”

“真差劲！”

“嘿，哗众取宠完结了。”

“您，况且，是您发明的，是吗？”

“不错，人家抄袭我不少，给我提供了证据，现在还有人把我看作抒情诗人。但，要是喜剧抒情诗人？我逃避不了，准保遭暗杀。”

“抒情非法国人所爱。”

“上校，您言之有理。法国人太好虚荣，别人的‘自我’叫他们火冒三丈！”

“英国人呢？德国人呢？丹麦人呢？他们也对‘自我’恼火吗？也对他人的‘自我’烦恼吗？您意如何？”

“嘿，他们深思熟虑，反复思考，也许更假惺惺更隐秘，仅此而已。不怎么易激动罢了。但普天下都是如此，谁也不喜欢别人的‘自我’。中国人，瓦拉几亚人，撒克逊人，柏柏尔人……概莫能外。举大便为例吧，您注意了吗？每个人对自己大便的臭味乐意忍受，可尽管您喜爱爱丝泰尔，她大便的臭味，您却不太乐意闻了。您会大声叫唤：开窗，开窗！”

“您真是狗嘴里吐不出象牙！您的抒情只是一种借

口！”

“相信我的话，上校，多挨少挨一次辱骂，我无所谓，恺撒一旦不受法律保护，他便到处遇到凶手，甚至没有必要充当恺撒了。嗨，我对您说吧，我不受法律保护，人家就‘无法无天’，把我家抢劫一空，把什么罪名都加到我头上。我再对您说吧，尤其在我自己家里，家人把我当凶手看待。白纸黑字写信给我，比如说，是我害死我母亲的。而您呢，上校，您尽管结结巴巴骂我好了。”

“您做了什么对不起家庭的事情？”

“什么也没做，我坐监狱。”

“这算什么理由？”

“他们抢了我的东西，害怕我讨还呗。”

“怎么讲？什么意思？”

“这就是说，不是像您这号人凭几声辱骂就可把我怎么样的。”

“把这些话也记下吗？”

“记了多少页了？”

“100，整 100 页。也记下您对法兰西学院的看法吗？”

“没有什么坏处，记下吧！不过刚才说的是笑话，不足为训。只想指出，您无足轻重。”

“好吧！”

“倒挺有趣的。只是您跟我无理取闹，帮不了忙哪。”

“那么换个主题吧。您懂点儿切口，是吗？谈谈切口吧。”

“喔，好，好！切口是一种仇恨的言语，使你与读者打成一片，以你的性子爱怎么折腾读者就怎么折腾。读者只好俯首帖耳。”

“哟，敢情不错。”

“不过得当心，不可乱来，我补充一句：切口激情很快枯竭。两三节中用一下，有两三处巧妙的难听话，适可而止。不然读者戛然中止。一本充满切口的书比一份‘最高审计院的报告’更沉闷乏味。”

“为什么？”

“因为读者都有坏习惯，总要黑话愈黑愈好。到哪儿去找呢？”

“是的，哪儿？”

“嗨，上校，请记住：切口就像可口的辣椒。但一桌全辣椒菜肴是叫您倒胃口的一餐饭。您的读者会叫您见鬼去的。会把您的厨房闹得翻江倒海，拂袖而去，又去找‘包装’书籍阅读了。事情是这样的：切口吸引人，但昙花一现罢了。好比诱奸者，一阵天花乱坠海誓山盟之后，最初的妙景快被女方识破了，赶紧下跪求爱，女士心一软便上钩了。再如从切口引申到行为。譬如，一个囚犯把一封信藏入罐子，一旦如愿以偿地蒙混过关带出监狱，那这封写给他心上人的情书是为了传出去的，是给从巴贝斯到拉普方圆各个小酒吧辗转流传的，就像塞维尼侯爵夫人的书信，写得才思横溢，味道十足，引人捧腹又恰如其分，为的是古堡上下吃惊之余竞相传诵。古堡女主人们饶舌、打嗝、淌口水之余，把书信从佩里戈传到博韦济。连皮条客的妙信也同样广为流传哪。瞧瞧有趣吧，那位犯凶杀罪的作家给他心上人和朋友的信虽用血写成并藏在罐子里，但用的语言与写给预审法官的信没有区别，可不是用爪哇语写的呀。既是一帆风顺，也要适可而止，不是闹着玩的。当发生真正的悲剧（不是电影演的悲剧），谁管什么罐子藏信哪。学业文凭使您得救，罐子藏信使您丧命。”

“您的结论呢？”

“切口有用处，是的。诚然，所有类似辣椒的故事是不可以发生的，不然您的菜肴就是一盘糊糊，一笔糊涂账，愈说愈糊涂。要有分寸！”

“刚才您谈到‘自我’，现在又讲切口。”

“是上校您叫我讲的，是上校您让转话题的。您先开口说切口哇。”

“喔，是吧，是吧。很可能的。”

"记下多少页了？"

"100页！"

他停留在100页。我想他是倒着数的，笨蛋！

"谈谈爱情怎么样？"

"噢，别大声，别大声嚷嚷。有人偷听。"

"谁偷听啦？"

近处连猫都没有。再者我说话声不大嘛。这上校实在浑，眼睛瞪得圆圆的，但有眼无珠。

"不是什么了不起的事，上校。咱们漫谈，东一榔头西一棒，您有不同意见？没有关系，随便访谈，不拘一格嘛。我建议谈爱情和爱情歌曲。街心花园不宜谈此主题？但在街心花园唱的爱情歌曲有的是，要不要我给您唱一首？民间抒情的范例？我曾靠写歌为生，我！"

"您？"

"是的。忠诚，抚摸，永恒，温情。我编这些得心应手。您要不要听我唱一首？"

"不要，不要！否则我就走了。"

"别走，别走。留下，上校，我不唱就是啦！"

他起身要走，煞有介事。

他重新坐下。

"真有他们的，他们真棒！"

"谁？"

"爱情歌曲作者呗！他们毫无拘束，这些抒情的宠儿，靠要技发迹的幸运儿。他们把'自我'玩得随心所欲，从不过分使用'自我'，他们可珍惜'自我'哩。他们天生是这个品种，完整的品种，即行吟诗人种族。一年到头 365 天都是春天。一个爱情歌曲作者的精液价值连城哪！"

"您要向读者哗众取宠？"

"不，毫无哗众取宠之心。我虽不是很谦虚的，上校，但，我承认没有创造发明。双头动物是怪诞可笑的，非从昨日始，非从昨日起，自从开天辟地起，双头动物一直是丑陋不堪的。不管它说什么，不管它怎么申辩，事实上，它滑稽可笑，仅此而已。它连猪的力量都没有，差远啦，差远啦。人只是会空谈的可怜虫，竭尽做爱之能事。但还不如苍蝇呐，上校，比苍蝇低一等。苍蝇做爱属癫痫类，而人类怎么样？且准备呢！送多多的礼物，接吻吮吸，山盟海誓，扭扭捏捏，然后呢？贴在身边一星期。人类是动物界神经系统最脆弱的一类，真不如苍蝇。谁见苍蝇厮守一侧的？交起尾来一分钟抽动 100 次，不是吗？苍蝇有如泰坦，上校，真正的泰坦！"

"真的吗？"

"我想没错，唐璜的全部苦恼在于不能像苍蝇那般性欲旺盛。”

“把这句话也列入访谈吗？”

“为什么不？我想这别有价值嘛。世人喜欢不费力气地学到知识。”

“您以为加斯通对此会感兴趣吗？”

“不会吧。他才不在乎呢，只要不影响钱柜进钱，他的钱柜。”

“您认为他如此贪财？”

“不，但他很有钱。”

“有钱怎么啦？”

“有钱人等于钱柜。”

“怎么讲？”

“他们尽想钱柜呗，让自己的钱柜越来越大，越来越装甲，越来越攻不破，其余一切他们不在乎，只要钱柜是大中最大的，满中最满的，牢中最牢的，坚固无比，其硬度超过所有军用坦克镀铬外壳的总和。这是理想的钱柜。他们只对此感兴趣。其他上门造访的人全是可疑的麻烦制造者，不是强盗便是盗贼。”

“比如说波朗，他不掌钱柜吧？”

“不掌。”

“可他尊重新法兰西杂志出版社。”

“波朗的尊重是他谋生的手段。”

“您认为他会发表您的访谈吗？”

“喔唷，他要是不乐意，就让他把访谈抛到九霄云外吧！”

“倘若他让发表呢？”

“那他得付三千法郎一页。要比他付女佣的工资多得多吧。他得唯命是从！”

“他有女佣吗？”

“当然啰！我最嫉妒他这一点：他有女佣。我不准备原谅他！”

“您真尖酸，您好嫉妒！”

“是的，无可讳言。我引为自豪，对所有让人侍候的家伙我妒火中烧，包括使用钟点女佣的人，包括自己从不洗餐具的人。我 20 年前，上校，就不雇女佣了。我，第一次大战残废军人，文学和医学的天才！所有雇女佣的人都是无耻的笨伯，懒惰的享乐者，得统统吊死，上校，统统吊杀在爱丽舍田园大街上，在中午时分。这是最可恨的阶级。无论是铁幕这边或那边，格杀勿论！您当然有女佣啰？一个女佣？您叫人侍候？您的样子看上去像。”

“是的，我承认。”

“况且，您退休啦？打赌好吗？”

“是的。”

“领单纯退休金的还是按指数计算的？”

“按指数计算的。”

“我猜对了。这帮不知天高地厚的家伙。幸亏中国人要来了！”

“为什么？”

“为修理这帮不知天高地厚的人呗，让他们建造‘索姆—长江’[1]的运河！”

“您知情，您？”

“是的，我知情。”

“您也要把这记入访谈吗？”

“怎么不记？我想可以，细节嘛。”

“不，不，不！”

他站起身，准备走，我拉住他。

“您不再谈政治啦？”

“不谈啦，向您发誓。那只是个细节，运河，嗯？运河，运河，说着玩的。从头挖到尾，用手，用咖啡小勺，用咖啡小勺一勺勺挖运河！”

“那么是说着玩的，说笑话？”

---

1　原文为 La Somme-Yang-Ysé-Kiang。

“当然，上校，您当真了吗？瞧您的。数数页吧，数一数。应该让新法兰西杂志出版社的人乐一乐嘛！”

110页。

“您认为还不够吗？”

“不够，不够，上校！让波朗拿去包东西。”

“波朗，他用手稿包东西？”

“是的，当‘卫生纸’哩。”

“用您的杰作？”

“我想是吧，如果我的杰作让他不开心。这个尼禄式的人物！”

“也许抒情更讨他喜欢？”

他建议道，怕我跟他谈政治。

“随您便吧。我跟您谈过抒情问题，甚至谈到爱情抒情付出更多。”

“为什么？”

“因为性感歌手恶意中伤爱情抒情，将其强暴至死。”

“噢？”

“您肯定有收音机的吧，嗯，上校？听收音机的？您同意我的意见吗？听起来不比男女爱情歌手更悲伤，嗯？爱情歌手凄凄惨惨，不如听乌鸦，燕雀，夜莺，是吗？那些爱情歌像葬礼弥撒，不如听雀鸟叫呢，是吧？”

“现在您反对歌曲了？”

“根本不是，但我不喜欢不要脸的颂扬者。”

“等一等，我数一数。”

他数页，数了又数，只有 72 页，原来他数错了，我早说嘛。

“现在您提问题吧。”

我要让他干活。

“您不让提问嘛！”

“让，让您提问。提吧，提问我！”

“一个问题。”

他想了想。

“说吧。”

“您所谓新风格的想法是如何产生的？”

“通过坐地下火车，通过地铁，上校！”

“怎么讲？”

“我乘地铁的时候呗！我曾犹豫不决。”

“噢！”

“乘地下火车的时候。我跟您讲过了，您没好好听，根本不听嘛。”

“怎么，地铁？”

“通过地下铁路，确切讲‘南北线’。那时候叫‘南北线’。”

“怎么啦？”

“是这样的。”

他打断我。

“对不起，请允许我去小便。”

“请便，去哪儿小便？”

他指给我看小广场出口有门扇的小门和卫茅矮丛那边：公共小便处。为此他朝那边张望，怪不得，老瞧个不停。他扭来扭去，不听我讲，斜着眼张望。没错！肯定他什么也没记住，甚至中心思想：我是本世纪唯一的作家。我！我！我一再重复得够多了。其他那帮人统统不算数吗？呸，呸！连篇累牍的批评文章全是用钱买的，乱七八糟，东拼西凑不要脸，呸，呸！分文不值，不如他们的圆珠笔值钱，不如他们圆珠笔笔芯值钱。未老先痴呆！不管男的女的，一概气喘吁吁，糊里糊涂，抄袭剽窃，阻塞塞纳河两岸交通，活像江湖郎中卖药。拉帮结派叫人家阅读获龚古尔奖作品。老实不客气说，一群不成熟的活宝！我费了那么大力气却毫无成果。

我对上校讲一天夜里我做了个噩梦：我置身于螳螂们中间，上文提到过。它们个个变成莫里亚克，并为此叫人拍了电影。后来我还重新见到莫里亚克，每天早晨念他的文章。他骑着摩托，这下倒好，螳螂骑摩托，骑螳螂摩托车，戴螳螂帽，为的是掩盖其丑陋。他去找克洛岱尔，两人一起出发去东方！他俩一起抵抗，用剑一起抵抗，同心勠力。“咱俩1914年没打过仗，不如1954年去打一场吧！”向东方进发，必须经过爱丽舍田园大道。如果一路有人，就招募，免费发给新兵风信旗；随大流的人群到达法兰西剧院，把他俩举起庆祝胜利。祝贺他俩发财，祝贺他俩修行有得，祝贺他俩混迹有方，祝贺克洛岱尔的《颂歌》。此公也戴着螳螂帽。对他俩来说，法兰西剧院与他俩的报社[1]相比，位于东方。他俩弹冠相庆，遇到有人捧场，遇到真正难忘的场面，便说：“我们习惯了！这些场面我们经历过，将来还会有的。”

我离开话题了，离题万里。这位上校中断了我的思路，使我离开主题。快回到我的事情上来吧。我的事情，我亲身经历的事情。我从上苍得到的天赋！我竭尽全力强调我具有异乎寻常的天赋。我叫他重复100遍，够了吧。他得记住，是我，唯一真正的天才，本世纪唯一的作家。其证明：人们从不谈起我，因为所有其他人嫉妒我呗。得诺贝尔奖的，没得诺贝尔奖的，他们都千方百计要枪毙我，因为我叫他

1　暗指《费加罗报》，他俩常为该报撰稿。

们厌烦死了，既然我和他们之间是你死我活的问题，既然我抢走了他们的读者，他们所有的读者，既然我使读者对他们的书感到倒胃口。阴谋也罢，阳谋也罢，反正天地之大，容不下两种风格，即我的风格或他们的风格。爬泳或蛙泳。好好想想，本世纪唯一的发明家。我，我，我呀！在上校面前，唯一的天才，不管是否受到诅咒，可以说得出口。

“听我说一下，雷赛达上校先生，您过一会儿再去撒尿吧。谁是风格的伟大解放者？谁发明了口语的全部情感贯穿笔语？是我，是我！不是别人，上校，您明白吗？”

“噢！噢！”

好个闭目塞听的家伙！

我还没给你们描绘这位闭目塞听的雷赛达。他呆头呆脑。他的外表，他的身材，他的面孔，都没有特色。您要是说，那是某某，我想象不出来，很难说他实实在在存在过。他的小胡子是染的，眉毛也是染的。他的个儿跟我差不多高。

“上校，言归正传，谈谈我的‘情感化’风格吧。要算小发明，我对您说，当然算得上。不管怎么说，动摇了小说，使其一蹶不振，小说不复存在了。”

“小说不复存在了？”

“我表达得不好。我想说，其他小说家不复存在了。至今没有学会用‘情感化风格’写小说的，都不算小说家了。

爬泳一旦发现，就没有人游蛙泳了。一旦《草地上的午餐》问世，就不再有‘室内光线’绘画的可能了，不再有《梅杜萨之筏》的天地了。您明白我的意思吗？上校！‘落伍者’要自卫，毫无疑问，百般挣扎，凶恶的垂死挣扎，不可接近哪！注意，上校，更糟，更糟！我的小发明不仅搞乱了小说，也使电影乱了阵脚，完完全全，把电影甩掉了。是吧！电影本身将不再存在，电影一向奄奄待毙，刚问世就奄奄待毙，荒诞虚幻的。我们预言：电影不吉祥，银幕接近末日，上校，我向您宣告！”

上校又乱摸裤前开裆，哪有心思听我讲。这才有人注意看我们了。

“喔，去吧，快去吧！”

好在不远，20 至 30 米。他起身便走，扔下一句话。

“您什么也别写呀！”

他停止记录，这浑蛋！

“不会的，没有必要。您记得吧，别去太久了！”

“总得五六分钟吧。”

“不舒服吗？”

“眼下有点担心。”

“哦？”

“我有点前列腺病。”

“我可以给您‘摸摸’，但在街心花园不行。以后吧，以后吧。”

他认为我开玩笑，耸耸肩离开了。他瘸着走了，我坐着未动。我想着我们所说的一切，记得很清楚，逐字逐句，历历在耳。说我有非凡的记忆力不是瞎吹牛。你脑子里要是充斥回忆，就得反刍思考，分门别类，弄清楚后，归并合成，那就会发现实在不是光彩的回忆。如果你有语言天赋，而且会讲二、三、四国语言，全储存在记忆里，不是了不得吗？

上校小便还没回来，我仍想着刚才的谈话，然后想些有趣的事情。说起记忆力，我有个岳母，比我更有天赋，到 80 岁，还确切记得她曾乘过的所有出租马车号码，不仅是跟她母亲观光巴黎所乘的车号，而且包括后来旅行、到处旅行的所有车号。她去过俄国、波兰、荷兰，不知不觉学会五六种语言，都是在旅途中学的，不费吹灰之力。每个国家待上三四个礼拜，不知不觉就学会了。我学外语却费了些时间，而她，不费事儿。我坐在长凳上想起她，不知她现在怎么样了。她会有多大岁数？ 110 岁？ 120 岁？我正计算着，雷赛达突然出现，吓了我一跳：我想得走神了。

“上校，是您呀？完事了？好受一点了吗？”

“好了，好了。接着讲吧？”

他来劲了。

“谈您的事吧，谈您那情感玩意儿，好吗？既然是口语情感，我没弄错的话，没错的话，为什么不口述您的书，而硬要写出来？直截了当、干脆爽快说出来不就行了。”

他找到了圈套，鬼得很。我网开一面，让他步步紧逼。

“现有极妙的口述录音机，喂，您知道吗？神奇的密纹唱片。”

我盯视他。他不再摸裤裆了。

“神奇的密纹唱片！”

他怕我没听懂他的问题。

“您，上校，现在能听我说话了吧！已经小便过了。”

“是的。”

“那么我对您说，全说出来：口述录音机也罢，饶舌器也罢，密纹唱片也罢，所有名堂，统统一文不值。一切机械的东西都扼杀生命，听明白了没有？‘违反生活’！都是通往停尸室的小玩意儿。上校，您懂我的意思吗？打字机也一样，一路货色！电影院，一路货色！您那有害的电视机，一路货色！所有机械的玩意儿都不管用。我不想让您生气，上校，别走呀，别走，不知者不为罪。”

他生气了。

“我只给您谈我的看法呀。”

“您的发明在哪儿呢？”

“我，那是另一码事了。我，与众不同，野得多了。我，捕捉一切情感，一切表面情感。一下子抓住。定下后，我把它像女人似的占为己有，带入我的地下火车。此时，所有其他作家全死了。他们觉察不到，他们在地面上腐朽，裹在‘包装’里，活像木乃伊，全成木乃伊，失去了情感。结局可不妙哇！”

他瞪眼瞧我。

“您又想去小便？”

我建议道。

不，他不想去。他斜视，他困惑，他呆视。

“您想再去小便吗？”

不想。那就跟他讲点儿别的吧。

“您不写了，上校？不记录了？您根本不在乎，是吗？”

“不！”

我们的访谈进行不下去了。

“您的手稿呢？您没谈起手稿，上校？”

我想让这个蠢货振作起来。

“还没发表呢。”

“小事一桩！他们每年发表五百部。”

嘿，嘿，这引起他兴趣了。

"快发表了，快了，上校。我要是管一管，就快发表了。我替您向加斯通说个情！您的手稿是不是'包装'的？告诉我，无保留告诉我。"

"有一点，有一点点。"

"有点儿倾向性？"

"怎么会呢？怎么会呢？"

"有一点的吧。这儿那处总带点儿吧？甚至有点'介入'的味道？不太多。好，有点儿'教士'味道？擦边的？不明显，好，不太明显。有点儿纪德味道？"

"是的。"

"不过分？"

"不过分。"

"或完全纪德式的？"

"有细微差别，很多细微差别。"

"可以在睡觉的时候阅读吗？"

"可以。"

"您肯定吗？"

"我太太天天晚上阅读。"

"读着就入睡了？"

"是的。"

"好。我向加斯通推荐。"

“伽利玛先生总得亲自看一看吧？”

“主要由审读委员会审阅。”

“他们在睡觉时审阅吗？”

“是的。他们审阅《漫游》时就是如此。”

“他们给了好评语？”

“噢，不太坏吧。但拖延了，由别人出版了。”

“那他们做了些什么？”

“打呼噜！”

“怪哉怪哉！”

“不怪。只有‘饿得要死’的人才清醒，其他人都睡意蒙眬。所有对未来有把握的人都睡意蒙眬。到处可见，汽车里，办公室，乡下，城里，上流社会，游艇上。他们经常游览，高谈阔论。他们好像做些事情，实际上什么也没做，尽睡觉哩。”

“那么您呢，塞利纳先生，谁向加斯通推荐您呢？您有一种秘密的东西，能唤醒他？加斯通是哪种类型的人？”

他审问我呢。

“伽利玛先生很有钱。”

“噢？”

“根本不需要知道更多，其余一概不在乎。他会继续有钱吗？当然，他完全可以！要是他破产了呢？那他就无能为力了，就会难为我们了。”

“您认为他永远有钱吗？”

“是的，是的，我想。”

“为什么？为什么？”

“他怨天尤人。这是好兆头。他的董事会跟他过不去，他说的，这也是好兆头。品位很高的诉苦。”

“他可以帮我大忙吗？”

“随他所欲，当然，没错。他可以在六个月内使您成为本世纪最伟大的作家。”

“跟您一样？”

“比我更伟大。”

“何以见得？”

“那是他的事情。”

“奇了，令我发愣。请允许，请允许我提问吗？”

“当然，当然，请吧！”

“我要提个问题：为什么，您作为本世纪最伟大的作家，所谓的风格的发明人，法兰西美文学的颠覆者，当代的马莱伯，塞利纳终于出世，是这么说的吧？”

“是的，是的，没错！”

“为什么伽利玛先生从不让人张扬您的书？”

“他有他的想法，有他的策略思想。等我死了，他就张扬开了。”

“他肯定比您后死吗？”

“我想会的吧，他累不着。”

“就目前，只要您活着，他拿您的书怎么来着？”

“他把我的书塞进地窖，珍藏起来，成千上万，成千上万其他人的作品也藏着。他储藏。”

“他也储藏手稿？”

“当然啰，当然，当然。”

“我的手稿？”

“肯定的。”

“哇，太棒了，噢啦啦！”

“您这般摇头晃脑，上校，叫我如醉如痴。”

“我让您如醉如痴？”

“快去撒尿吧，我等您。”

他很想小便，猪猡，但不动窝，硬憋着。

“咱们快谈完了吧？”

“没呢，上校，没呢，恰恰快到最悲怆感人的时刻！”

“噢？”

“没什么好‘噢’的，去撒尿吧，快去快回，赶快！”

“不，我情愿……谈完再小便。要是小便池没空呢？”

好个借口。

“您无理取闹，上校，您想尿裤裆吗？悉听尊便！那我接着讲我的事儿。”

“是的，快说，是的，快说。”

“喏，布莱士·帕斯卡尔！您记得布莱士·帕斯卡尔是谁吗？”

“记得，记得。”

“他在讷伊桥上得到的启示，也记得？他几匹溜缰的马？他翻倒的四轮华丽马车？一个脱落的车轮？他差点儿翻倒掉进塞纳河喝水？”

“是的，是的！”

“您记得吗？”

他坐不住了，站起身来，摸摸裤裆。我不让他走了。不走，不走。

“接着讲吧。”

“好。布莱士·帕斯卡尔！”

他记起来了。

“写《思想录》的那位？”

“对啦，对啰，上校。眼见一片深渊的那位，从那天起，眼前老出现旋涡。吓出来的，总在右边出现深渊！”

“对，右边。”

他重复我说的话。

“好，既然您乐意，就叫右边深渊。”

“在他的右边！”

“然后，在上空，上校，上空。无限的空间令我害怕！这是帕斯卡尔的话，上校，帕斯卡尔一个绝妙的思想。您记得吧？”

“记得，记得，记得。”

“桥上可怕的意外事故改变了他的一生，彻里彻外改变了，从而释放了天才，他的天才！”

“噢？”

“是的，上校，我！瞧瞧我，上校！我就是帕斯卡尔类型的人。”

“不可能吧？”

“可能，可能！我对您说的嘛，他妈的，瞧着我。”

他摇晃得越来越厉害，同时不断做鬼脸。他难受，坚持不住了。这才可以说有人注意我们了。尿从他裤管往外滴，滴湿了沙地，脚下一摊湿。他继续摇晃。我恨不得朝他脑袋猛击一拳。假设如此，结果呢？他彻底摆平，使我如释重负。但我的访谈怎么办？都快结束了，剩下没几句话了。

“您不肯去撒尿？硬是不肯？好，算了，至少请记住这条历史事实，上校，这是访谈的全部价值。也算咱俩没白费劳动。我自己恰恰也有过像帕斯卡尔同样的恐惧：深渊感。但不在讷伊桥上，不，而是在地铁里发生的，面对地铁楼梯，南北线，您听了，上校？多亏了皮加尔地铁站，我才得到天才启示。”

“怎么讲？怎么讲？”

他还在摇晃，现在真的有人窥伺我们，旁边长凳，更远的长凳都有人了。活该，活该！

“上校，您好好听着。我对您说过，不，没对您说过，现在对您说，我那时候生活动荡，我承认，非常动荡。为一点点小事，我从巴黎一端冲到另一端，步行，乘地铁，坐马车，是的。当时就是这个样，去见一位太太，她为了我好，或去见另一位不喜欢我的太太，或为了比较严肃的事情，是的，比较严肃的。我出诊去这儿那儿，但必须每天早晨到伊西，为给工厂提供咨询。我住蒙玛特尔，您想一想，每天早晨，皮加尔—伊西，乘公共汽车，一次两次还行，每天乘可得考虑了。没错，是每天哪！最好的办法？地铁？自行车？公共汽车？我坐地铁？骑自行车？用脚丫子？喔，我犹豫不决。是的，拿不定主意，反反复复，黑乎乎的地铁？这深渊似的地铁虽然方便，但又臭又脏。仿佛张开大口把精疲力竭的众人吞食。要是待在地面上呢？

长途跋涉？ be not to be！[1]公共汽车？唉，公共汽车？这个恐慌的怪物，哆哆嗦嗦抽抽搭搭，在每个十字路口都慢吞得像个结巴，浪费许多时间，为了彬彬有礼，为了不轧死庸俗可笑的妇人，耐心等待，为了使三轮送货车摆脱困境，而让货车从缓冲器前通过，骑车人是六个孩子的一家之主哪！要么我徒步而行，走一条街、两条街，不稀奇。步行到伊西？比运动员还运动员。真是进退两难！

“地下深处或地球表面？无比困难的选择。地面上情趣盎然。什么玩意儿样样俱全，各式电影院，各种电影院的乐趣，想一想，想一想！女士们的小脸蛋儿，女士们的屁股，女士们周围的热闹景象。急不可待的先生们，令人眼花缭乱的虚荣心。成爿成爿的铺子，花花绿绿，琳琅满目，各式俱全，应有尽有。标签的天堂：每样物件多少钱，每公斤多少钱，一目了然。妇女们：各式香水。豪华食品，令人垂涎三尺。每个橱窗都胜过《一千零一夜》，但当心诱惑！你在电影之中，变成了电影，你就是电影了。放电影可麻烦啦，从头到尾得演完。事故频频发生，浪费时间。连续相撞，一片混乱，乱七八糟。警察，自行车，交叉口，

1 莎士比亚的原文应为：To be or not to be, that is a question. 活还是死，是个要考虑的问题。

绕行道，正方向，反方向。停滞不前，见鬼！布瓦洛[1]活到今天还会乐此不疲，但可能被轧得粉碎，那他就没有诗兴了。帕斯卡尔，要是他坐在‘两马力’汽车里，我倒乐意看他怎么从‘春天’商场开到泰布街，恐怕他害怕的不是一处深渊，而是二十处！

“地面上来去方便，不错是不错，那又怎么样？我没有犹豫，这是我的天才。我的天才举动。一不做，二不休。我索性把全班人马带到地铁，对不起，带下地铁。不管人家乐意不乐意，我硬让全班人马跟我进入地铁。乘情感地下火车，那是我的地铁，没有任何不便，什么阻塞一概没有了。如入梦境。一站不停向前开，驶向目的，直接驶向目的。总之，进入情感，通过情感，达到情感，只有一个目的：情感。从头到尾全是情感。”

“怎么讲？怎么讲？”

“多亏了我绘制设计的轨道，即我勾勒的风格！”

“是的，是的。”

“‘流线型特快’，专列！我使地下铁轨变形，我承认，原来的铁轨太僵硬。我敲打了一下，还得再敲。句子四平八稳，应该好上加好。风格嘛，我用某种方法将其变

1　布瓦洛（Nicolas Boileau，1636—1711），法国作家，曾讽刺过巴黎交通拥挤。

形，使旅行者处于梦境，感觉不出来。魅力，神奇，上校，也很有力度。我承认，旅行者虽然被裹得紧紧的，被双料儿捆绑，仍然全部进入我的情感车厢。毫不客气。我不容忍扭扭捏捏。不允许他们逃走，不行，不行！”

“您瞧您，您瞧您！”

“地面上的一切归我，嗯，全部人马跟我走，合并起来跟我进入我的地铁。地面上所有的拼料，所有的消遣，强行跟我走。地面上片甲不留，我全部抢走。”

“噢，噢！”

“片甲不留，上校，一定如此，一切归入我的情感地铁。房屋，好好先生，砖头，庸俗可笑的妇人，糕点小商贩，自行车，汽车，单纯而轻佻的城市少女，加上警察，统统集中起来，进行‘情感强化’，集中在我的情感地铁中进行。我不给地面留下任何东西，一切归入我的神奇运输中。”

“噢？噢？”

“要用暴力。您是魔术师吗？是吧？不是吗？那就用您的魅力施行吧！有些读者负隅顽抗？打棍子，上校。有些读者偏爱电影？打棍子。有些读者喜欢‘包装’？打棍子。您是魔法大师。您把他们关起来，上双料儿锁，让他们服从。如此这般向他们证明贯穿笔语的口语。您的发明。不许别人添乱！皮加尔—伊西畅通无阻。不允许评论，就会感到赏心悦目。不要容忍自由思想者，比如辩证学家。没有一处十字路口，没有一盏黄灯，没有一个警察，没有一对拖拉的屁股。您明白我的意思吗，上校？”

“明白，明白。”

“没有一辆冲您开过来的卡车。您是艺术家。您的地下火车永不停止。您为自己勾勒出一种风格。”

“一种风格？一种风格？”

“是的，上校！触动神经最敏感处的风格。”

“这成了谋害？”

“是的，无可讳言。”

“这么说，您带走一切啰？”

“是的，上校，一切。七层楼房，震耳欲聋的公共汽车，一扫而空，片甲不留。莫里斯柱廊，纠缠不清的小姐，桥下拾烟头的小民，统统带走。我把一切带走。”

“把桥也带走？”

“把桥也带走。”

“任何东西都阻挡不住您？”

“都阻挡不住，上校，阻挡不住情感，上校。唯情感为所欲为，纠缠不清的情感哪。”

“是的，但……是的，但……”

“什么‘是的……但……’我卷走一切，全装进我的车厢。我再重复强调，把所有的情感都装进我的车厢，连我自己。我的情感地下火车装走一切，我的书装走一切！”

“啊，且慢！外国人呢？外国作家呢？”

“他们不存在，他们还在啃《包法利夫人》呢，如四轮华丽马车那个场景，还有《羊脂球》！他们没登陆好，第一步走得太差，永远走不远。他们的感受力没有建立，恐怕永远建立不起来了。他们也许坐飞机很快，但在艺术方面，他们多蠢啊！”

“但经常谈起这些作家，翻译他们哩！”

“那是极大的诈骗。应当取缔他们的新闻社，取缔他们的魔幻广告，镇压他们的包天狗胆，他们将不复存在。”

“但他们的读者呢？”

“法国读者赶时髦，容易受骗，缺乏独立精神。他们受骗了。他们高兴受骗上当。他们在别处找到作家，其实跟戴利氏没有两样。但他们乐不可支，还顶得意。全世界读者最多的作者，全球翻译最多的作者，就是戴利，上校，是戴利。”

“毕竟是外国语，是吗？”

“在这混乱不堪的世界上，只有一种语言，上校！唯一有价值的语言，受尊敬的语言，这个世界最上等的语言，即咱们的语言。其他的语言，叫人莫名其妙，您明白吗？

土话来得太晚，根基不好，未经精心加工，闹着玩的。抑或沙哑，抑或喵喵叫，跟陀螺发出的声音差不多。要么小丑似的嗲声奶气。我知道说的是什么，我不允许讨论。”

“您是个思想狭隘的人！”

“不狭隘，是帝国主义的思想，上校。否则我如何征服地球表面，您明白了吗？我没收了一切，不是吗？您注意到了吗？把一切装进我的地下火车。我给地面留下什么了？最蹩脚的电影，用外国语配音，翻译。把我们最最枯燥沉闷的电影翻译成别国语言，用他们的‘配音’。再加上心理学。用心理学炒得火热。种种讨厌死人的哲理，恶形恶状的照片，各色陈尸室，其中陈列冻结的屁股，冻结的大腿，手术割下的乳房，缩短的鼻子，以公斤计的睫毛，是的，以公斤计算。重的，肥的，红的，绿的。”

他不听我讲了。

“去撒尿吧，雷赛达。”

他叫我恼火，太拖泥带水了。

“不，不，不！”

他不肯小便。

“好吧，给您讲完，然后您到那个角落方便去，行吗？”

“好，好，没事儿。”

得了！他根本不听我讲，倒是他开讲，比我知道得更清楚。

“情感轨道，神经轨道，见鬼！”

“没什么见鬼不见鬼的。关键只在做法。一切直接快速取之，上校！”

“是的，直接！情感驱动，情感要极精确。”

“嗨，您同意了，上校。”

“是的，是的，是的。一切直接快速取之。”

“别憋尿了，干脆撒出来吧，上校，尿直往下淌，已经尿湿一摊了，上校！您听明白了，上校？”

“噢，对，对！”

“但请注意，有细节要说明，您不是处在普通的铁轨上，您的记叙不是一般的，不是平常的呀！”

“噢，不是一般的，不是平常的。”

“一个不小心，就前功尽弃：在道床上，在拱顶下，一阵气流，一次震动，火车就会栽跟头。每小时一千公里的速度。您的记叙翻倒，出轨。您的车厢遍体鳞伤，撞得粉碎，臭气熏天，丢尽脸面，您和您的六十万读者丢人现眼，成了魔鬼出世的大灾难。毁于一阵气流。真是一股气流吹来就乱成了一锅粥！”

“怎么办？怎么办？”

“这，上校，这才见出天才！”

“又是天才，什么天才？”

“有本事不出轨，没错，永远不脱轨。”

“是的，但怎么不脱轨？”

他茫然望着小便池，但仍没动窝，不愿去撒尿。

“您不去小便池？不去小便池？好吧，算了！我概述一下，再概述一次。您明白吗？上校。不是什么平平常常的铁轨，不是什么平平常常的风格。不是，不是。”

“噢，不是，不是！”

“非常特殊的轨道，看上去笔直笔直的，其实哪有笔直的轨道哇！您，您自己，若把轨道斜磨加工，若用什么神奇的方法，那是最坏事了。”

“是的，是的，弄虚作假。”

“对，这叫弄虚作假。”

“是吧，是吧！”

“这就要靠天才啦，上校。帕斯卡尔受惊，我的地铁启示。他从桥上得道，我从地铁成仙。您同意吗，上校？”

“您？您？您？”

不行了，他轻蔑地打量我，目瞪口呆。

“您！您！怎么您？”

“快滋滋滋！快滋滋滋！快滋滋滋！”

我用“快滋滋滋”回答，叫他尿裤裆，既然他不肯去小便池，就地撒尿，以减痛苦，图个轻松。

他目不转睛地盯视我。

“您想让我领您去吗？”

我向他建议，小便池离我们不到二十五米。现在围观的人越来越多，一个比一个好奇。

“咱们去吧，上校！”

“不，我听您讲。”

我装得温柔可爱，想想看，周围那么多人，我得保持体面，不得已而为之。

“很简单，上校，不是吗？‘情感化’的轨道看上去笔直，绝对笔直，其实完全不是一码事儿！”

“是的，是的，是的。”

“这是全部诀窍，上校，全部微妙。但也有毁灭性危险，这是绝对特别的风格。您明白了吗？”

“明白，明白，明白！”

“要让您的剽窃者怒火中烧，自杀了结。”

“噢，噢！”

“如果您的轨道笔直，上校，那就是古典风格，句子四平八稳。”

“怎么啦？怎么啦？”

“那您的地下火车就翻车，上校，毁掉布局。道床崩塌，拱顶裂开，所有的旅客丧命。您的地铁不就成一锅粥了吗！您的车厢将塞满残砖碎瓦了。”

“天哪！一车废物！”

“是的。您和您的追随者将大祸临头，一个也逃不了！您的轨道只在情感中才是笔直的。您明白了，上校？”

“噢，明白。噢，明白。”

“因此，小心，上校。险象环生！可别把您的车厢开到普通的、笔直的铁轨上去。不，不，不！我恳请您把车厢开到‘特别’加工的轨道，‘特别’设计的轨道，亲自动手，不要相信任何人为您代劳。要精工细作，一丝不苟！快滋滋滋！”

我的“快滋滋滋”真起了作用，他的裤子直淌尿，他完全站在尿洼里，尿洼越来越扩散。

“您，上校，您很敏感。一个敏感的人。不是又懒又笨又不开窍的蠢蛋，也不是外国人。”

“不是，不是，不是！”

“您明白我对您作的解释，一切解释，嗯？我的发明之精细，工作之巧妙。为什么我是文学天才，唯一的天才，嗯？”

“是的，是的，是的！”

“击中要害的情感，绝非旁敲侧击的情感！”

“是的，是的！”

“您的地铁差之毫厘，谬以千里！您的地铁载满图书，载满您的风格迷，要是翻车，上校，那可是大灾难！哪怕擦边撞一下，也不得了。您得负责任。”

“是的，是的。全完蛋！”

“奶妈，报亭，童子军，风流雅士，全部警察大队，剽窃者家的全部露台，载情感的全部卡车，您把这一切硬塞硬装硬裹进您的书中，要是您的风格稍有偏差，一个逗号处理不当，立即影响全局，毁掉一切，全盘一锅粥！”

“噢？噢？噢？”

“不要老是噢噢噢，您还想要更多的细节吗？要更多的更私密的细节，对吗？”

“喔，对，对，对。”

“好吧，三个点[1]！有人经常责备我，对我的‘三个点’说三道四：哼！他的三个点！嘿，他的三个点，他连句子都不会写完。各种荒谬的说法，各种难以想象的说法！”

“怎么啦？”

“快滋滋滋，撒尿吧，上校。不知高见以为如何？”

“窃以为要是把三个点去掉，您可以多写一些字。”

---

1 三个点指“…”，在法语标点中是省略号，应当放在句尾，但塞利纳却在句首句中句末到处用，以示节奏和停顿。

"荒谬，上校，荒唐之言。这在情感性记叙中不可以。您总不能责备凡·高把教堂画得奇形怪状吧？不能责备弗拉芒克把茅屋画得歪歪斜斜吧？不能责备包西画了无头无尾的玩意儿吧？[1]不能责备德彪西打破了乐拍吧？奥涅格[2]亦然！我难道没有同样的权利？没有吗？我只有循规蹈矩的权利吗？必须遵循学院派的诗节吗？令人愤慨！"

"不，不，哪能呢。"

"美术100多年来改变了，随心所欲了。音乐，绘画，时装，建筑，都变了。诗人也获得自由了。对您说吧，连石头，您瞧，石头，雕刻亦然。但纸？没有，纸张，文字，却奴性十足，成了日报的奴隶。日报一成不变，不，永远不变。高中会考也不变，学业证书也不变，学士学位也不变，永远不变。"

"是的。但，您的三个点，毕竟是三个点嘛，是吗？"

"我的三个点不可缺少，不可缺少！他娘的，我重复一遍，是我的地铁不可缺少的部分。您明白吗，上校？"

"为什么？"

"为了铺设我的情感轨道，再简单不过了。铺在道床上，

---

1 包西（Bosch，1450—1516），又译博斯或博希，尼德兰画家，代表作《圣安东尼的诱惑》中画有无头无尾的畸形鱼。

2 奥涅格（A. Honegger，1892—1955），瑞士籍法国作曲家。

明白吗？我的轨道不可没有地基呀！必须铺设轨枕！”

“多么微妙！”

“我的地下火车装得满满的，满得不能再满，绝对超满，满得快爆开了。在其轨道上飞速行驶，一往无前。神经系统高度紧张，在神经系统高度紧张之下飞速行驶。您明白我的意思，上校？”

“有点明白，有点明白。”

“我给您讲述的这种地下火车不是老爷破车，颠簸呀，摇晃呀，踉跄呀，每到十字路口就打住呀。不，我的地铁任何地方都不停，跟您讲过了，再给您重复一遍，上校！”

“是的，是的，是的！真是异乎寻常！”

“对准目的地，一蹴而就，上校，但注意，必须行驶在精心设计的轨道上。这是‘难以估量的轨枕式’记叙！”

“真的吗？真的吗？”

“您还怀疑？不错，上校，我向您确认，在我面前永远不会再有人吹毛求疵了，不会再有困境了。‘驶在由三点轨枕支撑的神奇又神奇轨道上的地下火车’比原子更重要。”

“原子？怎么讲？”

“人们将大讲特讲的新事物！”

“是吗？是吗？”

“是呀，上校，电影完蛋了，过时了，衰老了！不中用了！”

“噢，噢，噢！”

“别老是噢噢噢，我受不了您的噢噢噢，上校。我向您揭示纯而又纯的真理哩！好好吸取，要有思想准备：我不留给电影任何东西，把电影的效果一扫而光，包括其令人生疑的全部情节，全部模仿感受力，全部效果。统统清理，统统清除。让一切活泼鲜跳地、浓缩地进入我神奇的车厢。一扫而空，全部装走。我那‘三点轨枕’式地下火车满载而去，我神奇的地铁！告密者们，可疑的美人们，雾气朦胧的河滨大道，汽车，小狗，崭新的楼房，浪漫的木屋式别墅，剽窃者，抗辩者，一切的一切，我全部带走。

“出于仁慈，留下一些东西，如两三个蜡像馆，好莱坞，儒安维尔，爱丽舍田园大道，纽约港停泊场。带走全部软纸箱，全部破衣烂衫，以及拔下的睫毛和割下的乳房。出于怜悯，留下共济失调患者，请记住。留下硬化症患者，让他们还待在原地，不产生遗弃感。我捕捉全部情感，给您解释过了，上校，是吗？从皮加尔到伊西一转眼就到。甚至连最差劲的懒汉也着实感动。您，上校，您呢？”

“没错，没错！”

“噢，咱们意见一致了，上校。由于摩羯星座的关系，上校，您是否意外获得天赋？也许音乐天赋吧？”

“喔，是的，喔，是的。”

“那就太巧了。咱们愈来愈是知音了。想象一下不带有省略号的音乐，上校？”

“不行，想象不出来，不行！”

“那不带有叹气（四分休止符）的音乐呢？”

“不行，当然，不行！”

“那您还是同意我的意见哟！”

“见鬼！活见鬼！天杀的，天哪，天哪！”

突然，嘿，突然，他踩着尿洼惊跳起来，同时斜视，朝不同方向斜视。不成体统！

“喂，上校，喂！听我讲。”

“倒霉，活见鬼！”

他尖声急叫。我可以说，在耐心上，不是吹牛，我是久经考验的冠军。很抱歉谈论我自己。不是自吹自擂，从不，从不。我跟你们说的事情，都有证据。我曾经几个月几年在囚禁或在监狱诊所与疯子关在一起，其中有“中心监狱”最危险最歇斯底里的疯子。通过我的榜样，我良好的举止和善意的话语，他们安稳下来，不再老用脑袋瓜去撞装甲门，“嘣”！至于用碎罐片割自己的大腿和胸脯，也不那么太危险了。他们不再割破大腿动脉了：动脉切破是致命的。

应当说，少校，在我的感召下，他们安稳了，病情缓解了，几乎总是这样的。人家并不祝贺我，但看得出来，不是针对我的，因为囚犯凶如猛虎，是不可以祝贺的。反正，他们不再千方百计想杀我了。由于囚室只关两个人，很容易发生凶杀，尤其在夜里，甚至灯火通明的囚室。看守们自己也害怕哇。蹲过监狱的人都知道，在囚室靠自己。

当然，我不是把雷赛达跟囚犯相比，不，不可同日而语。我们处在公共生活之中，在街心花园广场，有看热闹的人围观。上校实在憋不住，干脆站在原地尿完了，可冲着我撒气，猪猡！

“天哪，天哪！活见鬼，塞利纳！”

大家应当明白，我并不怕这尿湿裤裆的家伙，他在光天化日之下发生丢脸的事。我只希望平安无事地离开小广场，如此而已。

“上校，听我说，不要让人家拿您寻开心！记住一件事：情感轨道，不可估量的！情感风格。三个点，三个符点。世纪的发现，我的发现！我会遇到一些有趣的葬礼。我猜！我猜！我，对您说了，对您预言了。我会遇到一些有趣的国葬，国家掏钱的葬礼。科莱特[1]使我产生这个想法。有动

1 科莱特（Gabrielle Colette，1873—1954），法国多产女作家，以《克洛迪娜》系列小说最为著名。

情的部长参加葬礼，洒下几滴眼泪。当然，我寓于其身的人们不怀疑‘世纪之天才’。看上去笔直的轨道其实不直，部长将讲述这一切，上校，记在心上，不要让人家拿您寻开心。”

“皮加尔—伊西快速直达！电影不复存在！”

“上校，已有进展，但不全面，不全面。他找到了贯穿笔语的口语！”

“谁？”

“我呗！他妈的，是我呀，见鬼，笨蛋！不是别人哪！”

他令我失望，我承认。

“快速，快速！”

他反复学。

“好好听着，上校。现在，最艰难，快讲完了，也最微妙。努力领会我的意思，加油！”

“是的，是的，是的！”

“我抢了您一个读者。”

“肯定的。”

“一本情感著作的读者，是我的一本书，用情感风格写的。”

“怎么啦？”

“他起先有点不适应。”

“噢？谁？”

“看我书的读者呗！他觉得，他几乎肯定有人在他脑子里给他朗读过这本书，在他自己的脑子里。”

“见鬼，活见鬼！”

“别老说见鬼见鬼的好不好。肯定在他自己的脑子里，没经他允许，就给他朗读了。这就是印象主义，上校。印象派的全部诀窍，印象派的全部秘密。我给您讲过印象派了吧？”

“噢，是的！噢，是的！”

“不仅在他耳边，不，而且在他神经秘处，神经系统的中枢，在他自己的脑子里。”

“是啊，不简单！”

“可以说，不简单，上校。不错，确实可以说不简单，就像有人拨动竖琴似的拨动他的神经。”

“怎么讲？怎么讲？”

“等一等，走近点！”

我不想叫周围的人听见！在他耳边轻声说：

“您把一根棍插入水中。”

“棍插水中？”

“是的，上校，您的棍看上去什么样子？”

“不知道。”

“您的棍像折断了，扭曲了。”

“后来呢？后来呢？”

“见鬼，插入水里以前，先把棍折断。这则笑话道出了印象派全部秘密！”

“那又怎么样？”

“这样就把效果校正了呗。”

“什么效果？”

“折射效果！棍儿看上去是直的，先把它折断，上校，然后将其插入水中。”

“我折断。”

“您把它猛一折就行了。”

“嗨，原来如此。”

“这就是我的情感风格，我的轨道，精心加工设计的‘特别轨道’。”

“真的吗？真的吗？”

“确实如此，上校，您有进步，快懂我的意思了。”

“加斯通呢？加斯通，他懂不懂您的意思，他？”

“走着瞧吧，走着瞧他会怎么样。您倒可以问问他！”

“他在哪儿，在加斯通家？”

他记不起来了。

“跟我来，上校，跟着我。跟我离开这个小广场。”

让这该死的家伙离开广场，可他硬是不肯。他朝后退，并又大声嚷嚷：

“不，不！让我待着。”

可想而知什么结果。现在真成了丑闻，这帮人正等着发生丑闻哩！

“可爱一点，安静一点，上校。”

我可以让他住口，怪家伙。我演讲，向广场上所有的人高声解释，让他们闪开，让我们离开。请他们让道。我头脑清醒，安之若素。

“先生们，女士们，这是个病例。这是个病号。我认识他好久了。他是我的病人，我给他治疗，带他去医院。

可他，浑蛋，反驳我，不像话。

“别听他的，别听他的，先生们，女士们。他想阻止我，他是个凶手，凶手，流氓。我要见伽利玛先生。”

“您将见到他，该死的蠢驴，见鬼。您可以见到他。他等着咱们哩！我向您保证，向您发誓！”

我给他乱许诺。

“抓住我的脖子，搂住我，搂紧我，紧紧的，别让地下火车把您带走。”

他抓住我，搂住我的喉咙。好了，好了。他见到大马路上的地铁站了，那儿就在塞巴斯托波尔大街上。他搂住我不放，我乘机向行人解释。

“是的，是的，他脑子，他脑子！我是他的医生，先生们，女士们，我是负责治疗他的医生，他犯病哩。”

我确认。

“轨道！”他喊道，“他，负责治疗？医生？治疗医生？叛徒，是的，叛徒。轨道！他把轨道的螺钉统统卸掉，还说螺钉呢。他就是这种人。救命哪，救命哪！”

他镇静不下来。

“不要听他的。先生们，女士们，他是个可怜虫。走吧！”

“救命！救命！”

他嚷得越来越厉害。

“他破坏全部地铁，他到处加上休止符，无政府主义的魔鬼！被出卖了！叛徒！叛徒！”

我反驳，我回答，不得已呀。

“去跟加斯通说吧，去呀。”

我鼓励他。

“别待在那儿呀！”

“好，我对他说去，对他说去。好吧，我去说。”

“那么去呀，快点吧，奸细，蠢驴。”

他动了动，又不动了。大叫大嚷：

“先撒尿，先撒尿！”

"您一直在撒尿呀！"

他没有觉察人家正瞧着我们，他们看着他怎么尿裤裆，尿从裤脚直往下淌，沙地上一摊尿。我轻声对他们说：

"他是第一次大战的伤员，动过环钻手术。他语无伦次，不知道自己说了什么。第一次大战的上校。"

参加过大战的人享有盛誉，况且是上校。我让他们去叫出租汽车，叫他们赶快。我向他们示意，让他们叫一辆路过的出租车，让他们帮我一把，别挡着路，让我送他去医院。

"他怎么啦？他怎么啦？"

他们一个劲地提问。

"他说话说累了，没什么，说累了。过分兴奋，神经受不了，脑的问题。"

"兴奋什么？"

他们一定想知道。

"是地铁，是地铁呗！"

他又一次驳斥我，语气高昂。他听见我轻声说的话。

"快救我，大家快救我！"

他叫救命。

"叫辆出租车，看在上帝分上！"

我激励道。他们只要瞧瞧他尿裤裆了，尿注，尿了一地，喏，不是我，是他！他们瞧了瞧，果真。

“噢，是的。噢，是的。”

他们同意了，看出来了，是他，确是他。于是他们帮我扶他走，从砾石地出来，推着我们向前，到达人行道边上，出租车等着呢。

“上车，上车，上校！”

他不相信，要命的！

“别害怕，上校，上车吧，上校！”

“咱们去伽利玛先生那里？”

“当然，当然，猪猡！”

他叫我烦透了。

“不是地铁吧？”

“不是，瞧瞧嘛！”

他上车，乐意了。我推他，他们也帮着推他上车。司机不太情愿，我对他说：

“开慢点。他是病人，当然，慢慢开。”

“去哪儿？”

“塞巴斯蒂安－博丹5号。”

我感谢周围众人，他们还不断提问题：“去什么医院？”我催着快开车，汽车启动了，不错，不错，他眨巴眼睛。我怎么没摆脱他？喔，他的尿，毕竟尿裤裆了，车坐垫怎么办？要是把汽车也尿湿了呢？我简直不敢看了，车开得实在很慢很慢，有许多卡车来往，靠近中央菜市场，几乎每行驶一米停一停。红灯！黄灯！好，总算到了沙特莱。我心想，他睡着了，这下好了，去你的吧！不料，他睁开一只眼睛，恰巧朝外望一眼，瞧见了广场。我还没来得及吭气，说实在的，他便敲玻璃窗，狠命又敲又撞，砰砰作响，吵闹起来，又大声求救：

“救命，救命！”

只要有机会他就闹，在沙特莱广场干丑事，会引起公愤的，是他故意制造丑闻。行人聚拢过来，一片人群。

“怎么啦？怎么啦？什么？什么？”

司机停下，打开车门。又没等我吭气，这个着魔的家伙冲了出去，车门大开。他大声叫嚷，一下跑得很远，我只得在后面追赶。他已跑到水池，骑坐在池边石栏上。

“水，水！”

他大声恳求。我快速向前，先抓住他一只脚，然后按住另一只。他正脱衣服呢。他想进水池洗澡，就这样跳进去。出租司机在后面追赶，向我叫唤：

“付账，付账！”

我放开丢脸的闹事者，转身对付司机，给他付了钱。快，快！我回到水池，重新抓住他的脚，不让他往里跳。警察已赶到。

“他干什么？您认识他，他跟您一起的吗？”

他们问我。

“我把他送回家，我是他的医生。”

“出示证件！”

我给他们看证件，但不想跟他们说去医院，否则会拖延几个小时。他们先给我叫辆救护车，那就惨了。我还得作解释，烦死人了。再说警察乐得多一事不如少一事，叫我们快离开了事。我给他们出示证件，刚才付出租汽车费时已掏出来过，赶紧溜开算了。该溜时赶紧溜，要不然人多起哄。

“快让他把衣服穿上！您把他带到哪儿？”

“塞巴斯蒂安-博丹街5号。”

“他住您家？”

“不，跟他妻子住。”

“他怎么啦？”

“他是一次大战的伤员。”

瞧这伤员又大嚷起来：

“我要见加斯通，我要见加斯通，警察！加斯通！”

“加斯通是谁？”

“他的叔叔。”

我断言。

“好，别拖拉，把他带走，帮他把衣服穿上。”

幸亏，突然之间，他听话了，不想玩水了，准备收场了。他主动从喷泉承水盘上端沿凸边滑下来，自个儿套上裤子，穿上衬衫。我在一旁鼓励，帮他一把。我害怕围观者介入，好在他们散开了，让我们过去，还行，他们不像小广场的人那么固执。反倒是我感到不舒服了，头晕眼花。但还得由我引路，由我扶他，由我回答一个个路人，回答警察还不算在内。我该有权坐一会儿吧。我也是残废者，很想坐一坐。正巧我认识那儿一家很棒的咖啡馆，至少对我们很棒，就在戏剧院那边，有个后间。我认识，我认识。

“上校，您累了。咱们歇歇脚，喝一小杯科涅克（白兰地酒）对您有好处。喏，就在对面，把胳膊伸给我。”

他很听话，很顺从。我扶他又穿行一次广场，然后往右斜方去穿人行道。

“去河滨大道，上校，先去河滨大道。”

我们到了，停下，准得很。他停下脚步，一动不动，惊奇异常。

“来呀，来呀，上校。”

“什么？花，花！”

他向我喊。

“什么花呀花的。”

“给加斯通送花，给加斯通送多多的花！”

我不想让他生气。

“我要给加斯通送花，给加斯通送很多很多花，给加斯通送许多许多花！”

“好吧，上校，好吧！”

“替我给加斯通买花！”

放肆的家伙。

“您想要什么花？”

“什么花都要，全部送给加斯通。玫瑰花，玫瑰花，好多菖兰蝴蝶花。您要是不乐意，我就杀您！好多好多玫瑰花，嗯？好多好多玫瑰花！”

他说话的神态与他想的一致。马路那边人行道对面有警察在观察我们。但愿他别再发作，怪物，要不然再落到警察手里，他们就会把我们带走了。我得买花，这次是我唯命是从了。我任他挑玫瑰花，一朵一朵挑了十朵，都是他挑的，但不算数。他不光要玫瑰花，还要百合花，康乃馨，要了三束百合花，又要了一盆绣球花，一大盆，外加菖兰蝴蝶花。我给女花商付了钱，什么也没多说。

“这下会叫加斯通高兴了吧，是吗？”

他欣喜若狂。幸亏我瞥见了要找的小酒吧，喏，对面，正对面。又见到别的警察。

“在那儿，在那儿，上校！”

我们到了，我们到了。两人满载着花进去，经过柜台时，我解释道：

“我们坐尽里，行吗？对我们合适，瞧，这么多花，送人结婚的。”

里间是弹子房，比较昏暗，还不到打弹子的时间。我对跑堂解释道：

“我们一起去参加婚礼。”

上校在一旁疯疯癫癫，自想出送鲜花这一招，他判若两人，兴高采烈，不再埋怨，简直乐不可支。

“加斯通会多么高兴哪，嗯？”

“一定的，一定的！”

“他更喜欢玫瑰花，还是百合花？”

“两种都很喜欢！”

“作家们，他喜欢他们吗？”

“他更喜欢他们统统枪毙！”

“那谁给他写书呢？”

“您哪，上校，当真没错，您一个人呗！”

“所有他出版的书？”

“还用说吗，当然，没有别人了。”

“我能行吗？”

“嘿，呀呀，一种游戏，对您如同游戏。”

“什么游戏？”

“瞧您的，我给您讲过的那种技巧呗！”

“噢，对啦，对啦。”

“您全忘了？”

“噢，不，不。我全记得：情感轨道，地下火车，三个符点急急如律令，从皮加尔到伊西只需一分钟。”

“然后呢？”

“所有的读者着魔中邪！”

“好，但还有，还没完呢。”

“特别设计的风格。”

“没错！”

“情感化的天才，文学的伟大革命！”

“还有呢？还有，上校？”

“塞利纳终于出世。”

“要充满信心，上校。您说的时候气势不足，吐‘塞利纳’一词，要发自肺腑，充满信念，深信不疑，上校，再重复一遍。”

“塞利纳终于出世。”

“好，好，好一些了。不错嘛。不过还有，我跟您不是讲了电影吗？”

“是，是，是，您说，电影完蛋了。情感风格把电影扼杀了！”

“非常正确，对，对！”

“而您呢？加斯通呢？说说看，加斯通呢？”

得，他又来了。他的顽念又上来了。

“咱们去见他。我向您发誓。”

一切为了使他不要在我面前再犯病。我瞥见外面有警察，他们来回走动。要是这个浑蛋再吵闹，他们径直进来，二话不说就收容，逃避不了的。我得稳住他！

“喝点什么吧，上校。”

“好呀，好呀！”

他跳将起来，一下冲到酒柜台。他再次摆脱我，见鬼。但见他轻松自如，哼唱起来：汩汩！咕嘟！来了巴黎女郎！上酒，快，快！咕嘟一口，一杯白葡萄酒下肚，接着一杯朗姆酒，接着一杯啤酒。嘿，外加一杯浓咖啡。

他边点酒水，边改主意。

“不，不要浓咖啡，来杯奶油咖啡吧。”

接着，他先向酒吧老板，后向老板娘指着我说：

“这个家伙，是的，这个家伙，瞧瞧他，好好瞧瞧。他想叫我喝个够，凶手！”

“喝什么？喝什么？”

老板和老板娘莫名其妙。

“喝浓咖啡！他想毒死我，当然，当然。他把铁轨所有的螺钉全卸掉，先生们女士们，这个家伙，瞧瞧他，对，就是他！”

他们瞧我，而我，始终泰然自若，处事不惊。我们是超假缺勤，完全是打趣逗闹。我严格按规则游戏，快乐地被邀请，尽可能滑稽，做像样的男傧相。其证明：我们送一大盆绣球花，我们两人是名声在外的散兵游勇，已经醉醺醺。仅此而已，岂有他哉！

酒吧老板老板娘起先纳闷儿，而后发笑，明白了，进而哈哈大笑起来。老板在柜台旁逗弄我带去的疯子，把酒杯全满上碰杯，把一杯酒洒在地上，满满的一杯，接着第二杯，第三杯。我示意不可惹怒他。他们便给他倒一杯啤酒，上校一饮而尽，然后把其他的酒一一倒入他的啤酒杯：白葡萄酒，大科涅克，加上一杯樱桃酒。对啦，是一位顾客的樱桃酒。顾客斥责他：“喂，喂，干吗？”最后还倒入一杯浓咖啡，把所有饮料一股脑儿喝到肚子里。

“走吧？走吧？”

现在，赶快。我付了钱，溜之大吉。

“行了，上校，走吧！”

我舍命奉陪，他却蹒跚而行。我心想，他要吐了。倘若当着警察的面呕吐，或吐到警察身上，怎么办？

“咱们坐出租车吧，上校？”

他不肯。

“不，当心我的花！”

我捧着花盆，他抱着花束，满怀是百合、菖兰、玫瑰。我顺势让他随心。

“捧住花盆别撒手！”

他叮嘱我，但他似水上行舟，摇摇晃晃。我扶着他走，接住快掉落的花束，帮他整理，这脓包。路人尾随我们。他不时打嗝。我们到达艺术桥，艰难行进，但好歹往前走，多亏有栏杆，勉勉强强。我扶他沿栏杆走，不至于摇摆，否则会滚到公共汽车轮下，有的公共汽车凶猛如兽。我自己也难以支撑，我想说，站不稳了。我精疲力竭，一说话就累得慌。我不喜欢说话，讨厌说话，没比说话更叫我疲乏的了。跟这脓包说话，不是一时半会儿，而是闲聊几个小时，他本该托个痰盂才对。

这次访谈完了。真窝囊，他们给我选了这么个采访者。看他这般踉跄，一旦双脚交叉，绞在一起，失去平衡，滚到公共汽车下，怎么办？很有可能。他已经当着我几次突然偏行。他心血来潮起来，活像个畜生。我亲眼见到的。我不想叫人误会，以为他滚到公共汽车下是我推的，那时候有口难辩，注定完了。有偏见的人，我见多了，可怕呀。他们一见面就认定你是凶手，唯其如此，你才使他们感兴趣。他们一心想叫你跌倒爬不起来，非要砍掉你的头不可。我当然可以把他推入水中，这个雷赛达上校，亦名Y教授。没错！我恨不得把他连同花盆花束统统抛过河堤、抛过桥栏送入河里，一了百了。这个可笑的家伙。你们猜，我这么想，只是开玩笑而已，而他也是这么想，真是想到一块去了，可他却不是开玩笑。他引我过去："来，过来！"突然他扑过来，迅雷不及掩耳，我未提防。得，他拦腰抱住我，抓住我不松手，我挣脱，这蛮子！路人看了好笑，瞧这两个醉鬼打架。

"放手，放手，上校！"

不可让人看出真情，要让人以为我们俩是打着玩的。

"过桥吧，快过，上校。加斯通在等咱们呢！"

路人介入问道：

"加斯通是谁？"

"他的叔叔，他的叔叔！"

我告诉他们不要瞎掺和，让我们平安过去。我瞥见学院的钟面上已五点多了。新法兰西杂志出版社五点关门。我们总算到了桥尾。

"走吧，上校。"

过了学院要走小街，然后到拉斯帕耶林荫路。

“走吧，上校。加斯通等着咱们哩！”

但愿他不要耽搁，我得提防他突然胡来。我们到达“廉价市场”小广场，蹒蹒跚跚，路人尾随着我们。上校建议：

“咱们坐一会儿吧？”

喔，不行。噢，我不同意。不可再在小广场停留，又是小广场，还了得。

“不行哪，上校，不行哪。咱们快到了，几步路就到加斯通家了。”

真的，最多三四分钟就行。他前俯后仰，踉跄而行，我也好不了多少。他，肯定，酒喝多了，在酒吧，喝混合酒。我呀，没多喝，但我呀，头疼，话说得太多。

“加斯通肯定在家吗？”

“绝对肯定，上校！”

“他会喜欢这些花吗？”

“他准喜欢，可别撒手。您老拿不住，我可捧得好好的。”

真的，他一路丢花，还剩下十至十五束花了。

“您明白什么叫作表面吗？您弄清楚了没有，上校，您不复存在，我给您讲过了，讲得清清楚楚了。喂，您要鬼花招，可恶透了，把花全丢完了，上校！”

他不听，也听不进去，我等于白说。我们仍往前走，我扶他右侧，扶他右臂。这么下去，他手上的花快没了。他不断丢，我不断捡，路人帮我，然后放回他怀里。说明一下，闲人中有的从沙特莱一直尾随我们，提出各种各样的问题，尤其关于他的军衔：

“您认为他是上校吗？”

他们感到蹊跷，怀疑他是否真是上校。

“您是医生吗？您？您去哪儿？您说去参加婚礼，是吗？您说去医院，是吗？”

我说过许多话，自相矛盾，自己也意识到了。他们想知道底细，什么都想知道。我们快到渡轮街了，那边，过十字路口，就是塞巴斯蒂安－博丹街。千万别弄错门：5号！现在，我们赶紧挤了进去，恰好两人挤进大院门里，在我们身后，院门立即关上，把他们关在外面。这些跟屁虫，让他们空手而归，什么也没捞着，一帮蠢驴！

“你们去几号？”

他们什么都想知道。我大声向他们骂娘。我乘机给上校一拳，竭尽全力打得他发颤，几乎跪倒在地，我又把他拎起来。他丢下百合花，我又给他捡起来，可他又丢！

“上校，上校！”

我自己也摇晃，我觉得在水上行船，但给自己鼓劲：加油！

“上校，行了，咱们到了，行了！”

我又捅了他一下，叫他别再犹豫，别转身往后退，再给了他一下，让他快朝楼门走，朝正门冲进去。既然现在来到目的地，来到新法兰西杂志出版社。我拽着他进入另一处拱门，冲劲十足。拱门气派极大。外面跟屁虫们也想进来。

“不行，不行，不行！”

守门人反对，我也反对。幸亏，守门人，他在！

“关门了，关门了！脏鬼，坏蛋，坏蛋，滚开！”

他把他们统统推出门外，幸亏他结实得像运动员。可那帮人非要闯进来不可。

“关门了，我说过，关门了。他妈的，关门了。”

他把门锁上，大门铁将军把守。他们要嚷嚷，就在外面嚷嚷吧！

他们敲门，用力摇晃。推不动，推累了，败下阵去！

“这人是谁？”

看门人问我。

“嘘，嘘，嘘！他是个作者。”

“我不认识他。”

“嘘，嘘，这个作者，他，犯病了。”

“犯什么病？”

我做手势，示意头部有病。

“第一次大战残废者。”

“噢！”

我得向他解释，向他和他妻子，现在他们两个人了，妻子从门房出来。

“第一次大战的上校。”

“噢，噢！”

“该让他休息！但伽利玛先生等着他，跟他有约会。”

“现在？”

“是的。”

“加斯通先生走了。”

“我们路上出了意外事故，因此晚到了。出了点事故。那就明天早晨见他好了，明天早晨！”

“他总不会老待着吧！”

“待，待着，太太！”

我对女看门人说。她压根儿不同意。我粗暴起来，是拿权威的时刻了。

“您把他放置在哪儿呢？”

“在大客厅！让他睡在那儿，嘘嘘。”

“加斯通先生晚上不来。”

“不要紧。明天见他好了。我对您说，这非常重要。”

他们不大相信。

“到上面？到上面？”

我跟他们讲不清，不如长话短说。

“好吧，就在这里。让他躺平。

我作决定。

“让他睡觉，必须让他睡觉！”

上校这么站着就睡着了，还打呼噜呢。由我和看门人架着，要我们两个人才支得住他。

“您哪，太太，拿上花吧！”

“搁哪儿？”

“放在水里。”

“花盆呢？”

“搬上去，放在加斯通先生的房间，他家里，办公室。放在办公桌上吧。”

“他呢，让他待在拱门廊下？”

大家犹豫片刻。

“睡在你们门房，要是你们乐意？睡在地毯上怎么样？”

我建议。

“既然您说他病了，送他去医院不更好吗？”

“不，不，不！伽利玛先生要见他，首要的！”

我不允许讨论。

“他有约会。我对你们说了，他有约呀！你们怕他呕吐吧！”

我猜出缘故，他们担心地毯。

“去找个枕头，太太，一床被子，别让他得肺炎。头部这么睡在方石块上不行哪！”

让他们有责任感。

“让他睡觉，让他睡觉！”

他们窃窃私语，商量怎么办。

“快呀，快呀，伽利玛先生等他呢！”

我拽住她，推她上楼：她有一层楼要爬。我坚持说：

“被子。”

她转身去找被子，行了。上校打鼾。我们把他平放在方块地上。地面很硬，他照样打鼾。他不太舒服，但睡得挺死。上校终于有了枕头和被子，就地而卧。他不怕地硬，我说了。这要让人知道。要让他们好好记住，让所有人知道是我坚持的，否则人家不让他盖被子。我瞧了瞧他身下，看是否撒尿了，还好没撒出来。我替他搭脉搏，每分钟七十五跳，脉搏正常。外面没人敲门了。

“外面还有人吗？”我问。

守门人半开门瞧一眼。

"没有，没人。"

"几点了？"

"十点。"

"好，我回一趟家。不会很久。我还得去看个小病号，在北边。去去就回来。"

我毅然决然。我主意已定。去蒙玛特尔打个来回？

"您不把花带走吗？"

噢，花！

"不，不，把花放入水里，我对您说了。"

"绣球花呢？"

"放到伽利玛先生办公室。"

"是吗？是吗？"

"是呀，他们认识。我再重复一遍，伽利玛先生等他哩。"

"我们从未见过他。"

"我慢慢给您解释，我一会儿就回来。"

我随他们胡来，我溜了！从通车的大门一上街就行了！我有点踉跄，夜深了，赶路，行色匆匆。只有在家里才能思考，在外面脑子一片空白，只有回到家再说。我会再来南边，会回来，一定会的。我要亲自精心修饰此次访谈，在我家里，该死的访谈。他醒来会给我写些什么？这个浑蛋雷赛达，我已领教了一点他的恶意中伤。你们可以作证，是吧？你们全看到了，清清楚楚，可以全盘作证。是吧？但他，他会怎么修理我呀，等他醒来，很容易猜嘛。他会讲地铁的事，情感轨道，出租汽车，要是他精心修饰一番，那还得了。加上沙特莱广场洗澡，风格革命，电影消亡。那更不得了。他会强加于我卑鄙下流的话，足以挑唆波朗跟我翻脸，弄得加斯通、其他人以及整个出版社跟我过不去。这个Y教授，上校，卑鄙的伪君子，他恨得咬牙切齿，酒鬼，你们看见他酗酒了吧？但，我家在北边，要回去，我得叫辆出租汽车，是吧？没有一处地铁站是开的，没有一辆地下火车了。碴石也不需要了。我徒步北上吧！你们相信吗？是的，全程步行，在夜里，处于我的状态。说到勇气，在下可能比雷赛达上校更残废，是的，更残废。况且这个半死不活的采访人真把我弄得腰酸背疼，筋疲力尽。俱往矣，可以这么说！这个不爽直的末流喜剧演员，道貌岸然的杰作，酒鬼。我本可以提高警惕！噢，好危险哟，我坐在克利希广场长凳上心里嘀咕。

该休息一下了。几点钟？凌晨两点？我怎么找回家呢？总之，归根结底，我总找得到家吧。一到位于坡上的家里，就不费事了。现在我不必写什么，首先应当思考，不用思考太久，不用太久，半个小时。我只能到了家才思考。家里？家里？可一时找不着家。找不找得到呢？肯定找得到。我必须赶路，抓紧，加快，克服疲沓，先到家，然后急如星火，重新穿过巴黎，赶在他之前到达波朗家，到波朗大人家。在那位仁兄睡醒以前。在他开始动手起草以前。波朗大人家住斗兽场，属上流社会，现在仍有人知道古罗马斗兽场在哪儿。其实现在成了一条小街，是啊，是啊。要认得出斗兽场才行哪。该死的，去他的。历经恺撒、露克蕾丝、吕泰斯！有点悲怆。

我将对波朗说："喏，这是我们两人写的东西，两人同意的。"我对加斯通也说同样的话："上校身体不好，他同意我代表我们两人签字。"但必须我先到，穿一身毛料衣服，笔挺，我得奢华一下，住不住斗兽场不要紧。而那位摇笔杆的脏得像猪，肯定邋里邋遢，没准尿裤裆哩。总而言之，总而言之……

关键的关键，在于我不迷路，写出 30 页、40 页，足以称得上访谈。字迹清楚，行文流畅，不可枯燥无味。访谈不会一鸣惊人，肯定的。但也不能叫他们的机构丢脸，否则会激起众怒了，要像精英的催化剂，诸如《新法兰西文学评论》，赫胥，德里厄，波朗，加斯通，等等。

出于谦虚的动机，不妨回顾一下，哈维[1]用拉丁文写的

---

1 威廉·哈维（William Harvey，1578—1675），英国医生，解剖学家，血液循环的发现者。

学术论文。《论血液循环》共十页。他受到好评，得到荣誉，成了国王的宠儿。但一夜之间变成无人问津了：他的房屋被毁，他失去一切，全世界敌视他，就因为他写了十页文章。怎么样？怎么样？应当注意文章不可太短。再拿伽利略为例，四个字[1]，一共讲了四个字，他不得不检讨反省，为了四个字，他不得不下跪。我得重读自己的文章，必须重读。必须警惕文章写得太短。我以访谈形式的学术论文，要百读而不放心。噢，噢，不过，不必想得那么远吧。我想，因为没有那么重要吧。

1 伽利略（Galileo Galilei，1564—1642），意大利物理学家和天文学家。他主张地球绕着太阳旋转，被视为丑闻，全国上下共讨之。他不得不当众检讨，等快检讨完时，他又犹豫起来，转身轻声对同事说了四个字："E pur si muove！"［但它（地球）还转！］

我思，成就另一种个体

To be another